KB107111

행사시 모음집 / 국내편

자 화 상

성 태 진 시집

신세림출판사

자 화 상
성 태 진 시집

희망(希望)이 샘솟는 정감(情感)의 시인(詩人)

성 기 조
(시인, 문학박사, 문예운동 발행인, 한국문학진흥재단 이사장)

　성태진 시인을 만나면, 고향 후배(後輩)를 보는 느낌이
든다. 그는 항상 밝고 부드러우면서, 누구와도 거리낌없이
이야기 나누기를 무척 좋아하는 편이다.

　나는 성태진 시인의 이런 모습을 지켜보면서, 항상 용기
잃지 않고 뛰고 있는 그에게 깊은 찬탄(讚嘆)을 보낸다.

　특히「문예운동」의 공동발행인을 맡고 있는 성태진 시인은
문단 선·후배 분들과의 끈끈한 친화력(親和力)은 말할 것도
없고, 더욱이 이 사회와 국가를 위해서 봉사(奉仕)하겠다는

큰 포부가 있기에, 여기에 엮은 〈행사시 모음집〉 역시 그 자신 평소의 희망을 노래한 작품(作品)이라 하겠다. 시를 사랑하게 된 연유도, 그가 펼치고자 하는 희망이 아닌가 싶다.

우리의 만남은 좋은 인연(因緣)이라 생각한다. 한 평생을 살다보면 고비고비 만남의 연속이지만, 성태진 시인과는 「문예운동」이라는 같은 배를 타고 열심히 인생항해(人生航海)를 해가고 있다 할까.
「문예운동」의 발전에 큰 보탬이 되고 있다.

이번에 상재(上梓)한 「자화상」에 서문(序文)을 쓰게 된 것도, 그러한 인연의 소치라 생각한다.

앞날의 문운(文運)과 희망(希望)하는 일 꼭 소원성취(所願成就)하길 빌며, 이만 무사(蕪辭)를 접는다.

2010년 12월 31일

책 머리에

성 태 진
(시인, 수필가)

　나는 어릴 적부터 시읽기를 좋아했다. 좋아하는 시 구절은
빠짐없이 메모해 두고, 틈날 때마다 읽고 또 외웠다.

　특히 고등학교와 대학 시절에는 시낭송에 몰입하였고, 이러한
역정 속에서 세월만 흘러 어느덧 60 고개에 접어 들었다.
　예순을 맞은 기념으로 무엇을 남길까 고심하다가, 그동안
각종 행사에 초청받아 낭송했던 축시가 한묶음 있어 정리해
보았다.

　내가 축시를 처음 쓴 것은, 1985년 국회사무처에 근무할
때 도서출판 '인생과 문학사' 정선이 발행인께서 시 작품을
내라고 권하여, 평소 어머님에 대한 각별한 애정을 담아
〈여인〉이란 글제로 문학지에 시를 실어 문단에 첫 선을
보이게 되었다.

이때부터 축시를 써온 것이 오늘에 이르러, 근간에 와서는 각종 국제행사에 초청받아 축시를 낭송하다 보니, 나 자신도 모르게 주위에서 축시 낭송 전문가라는 애칭을 듣게 되었다.

이 시집에서는 지금까지 '현장 낭송시 및 초청 행사장 축시' 중에서 반복적인 내용은 생략하고 년도별 순서대로 엮었다.

또한, 여기에 수록된 시는 고도의 차원 높은 시작(詩作)이 아니고 방문이나 행사 취지에 따라 기술(記述)한 내용으로 되어 있어, 시를 읽어보면 즉시 그 현장감을 느낄 수 있도록 쓴 행사시(行事詩)라 할 수 있다.

특히 〈자화상〉이라는 시는, 이 시집의 제목이자 나의 꿈과 이상이 오롯이 담겨 있는 내 삶의 이정표라 하겠다.

시는 언어를 매체로 하여 예술적으로 형상화한 의미의 세계에 대하여 부여된 개념적 명칭이라고 한다.

또는 시를 영혼의 목소리라고 말한다. 시를 가까이 하면서 삶을 영위하는 사람들은 맑고 깨끗한 영혼의 소유자이면서 자연과의 교감을 나누는 훌륭한 존재로서 뿐만 아니라,

모국어의 수호자로 우리들의 말을 아름답게 만들어 가기 때문이다.

그래서 시를 가까이 하기 위해서는, 때와 장소를 가리지 않고 즉흥적으로 시를 짓는 봉장풍월(逢場風月)의 자세가 그 무엇보다 필요하다고 하겠다.

우리는 시인이 되면서부터는 본격적으로 더욱 시적인 감흥을 불러일으키기 위해, 자작시와 애송시를 즐겨 낭송한다.

시는 가장 아름다운 형식의 언어적 표현이기 때문에, 시를 소리내어 낭송함으로써 그 어휘 하나하나에 마음을 실어 서정의 불길이 솟고 그 메아리가 울려 퍼져 우리의 메마른 마음에 넉넉함과 여유를 안겨주고 스스로 감동할 수 있기에, 시 낭송을 통해 자신을 마음껏 표출해 볼 수 있다.

소리로서의 재창조 작업을 제대로 하기 위해서는, 시가 가진 음악성을 형식화된 리듬으로 유지하고 언어적 리듬까지 살려 낭송하는 부단한 노력이 있어야 함은 물론이다.

시 낭송은 각자의 감성으로 표현하는 고유의 작업이므로, 하나의 시에서 사람마다 여러 가지 시가 품고 있는 향기가 나올 수 있으므로 시 낭송을 통해 각자의 시정을 넓혀 나간다면 금상첨화(錦上添花)가 될 것이라 믿는다. 가수가 음보에 맞춰 노래를 부르듯, 시인은 송시음보(誦詩音譜)에 따라 시를 낭송하되 보다 신축성있게 조정하여 자신의 것으로 소화시켜 낭송해야 함은 두말할 나위도 없다.

아직도 펴지 못한 꿈을 추스르기 위해 권토중래(捲土重來)하고 있는 이 시점에서도, 나에게 가장 용기를 주는 것은 그 속에서 나를 채찍질하며 진정한 나 자신을 찾기 위해서 나의 마음을 시원스레 씻어주는 삶의 청량제같이 울림을 토할 수 있는 시 낭송을 하기 때문이다.

'언어는 그림이다'라고 말한 비트겐슈타인(L.Wittgenstein)의 말처럼, 우리는 언어를 통해 세계를 이해하면서 살고 있다. 우리는 언어의 구조에 대한 탐구를 통해서, 우리가 이해하는 세계의 구조를 파악하려고 한다.

이와 같이 언어를 세계인 간의 이해 통로로 보듯이, 언어 속에 담긴 즉 시속에 담겨져 있는 뜻을 보다 쉽게 음미해 보고자 시마다 현장 사진이나 그림을 덧붙인 것은 제 시집의 특징이라 할 수 있다.

이제부터 우리는 나를 위해 부르는 노래처럼 시낭송을 하자. 우리 모두가 시 낭송가가 되어, 서로가 서로에게 생활의 활력소가 되어 주는데 최선을 다하자. 그리하여, 시 낭송과 더불어 알찬 삶을 가꾸어 보자.

경인년 12월, 서설(瑞雪) 내리는 날
서재에서, 저자 성 태 진 적음

저자 성 태 진 시인 근영

'장하림' 선생이 그린 저자(성태진)의 풍자 그림(Caricature)

시집 표지 그림을 그려준 '이성근' 화백과 함께

시와 그림이 있는 '자화상' 작품과 함께

차례 | 성태진 시집 / 자화상

국내편 ∙∙∙

차례 | 성태진 시집 / 자화상

행사시 모음집 / 국내편

여인

– 어머니께 바치는 시 (1985년 5월 15일, '인생과 문학사'에 게재)

사슴 닮은 눈빛 속에
우물 물 긷는 쪽진 머리
물동이 고이 얹어
가을 들녘 바라보니
고추밭 두렁에 내린
노을빛 서러워도
행복한 삶이라 여기고
햇살 바구니
건네주던 여인
나의 어머니!

큰 빛으로 일어서라
정한수 떠놓고 촛불 밝히며
온 몸으로 부르던 사랑 노래.

등 언저리
돌아보고 또 돌아보던
그 산자락에 박힌
인동초 같은 여인
나의 어머니여….

아버지
 – 아버지께 바치는 시 (1988. 1. 1)

팔십 평생을
조상이 머물던 그 둥지 속에서
흙이 좋아 흙과 더불어
탐욕 없이 살아가신 아버지.

창녕 성씨 뿌리 있는 후손이라며
언제나 의관 갖추어 나들이 하시던 아버지.

흉년으로 찌든 보릿고개 시절에도
자식들에겐 쌀밥으로 끼니 걱정 안하도록
새벽부터 한밤까지
집안 일 돌보시던 아버지.

살아 생전
오로지 이 자식 잘 되길
온 정성 다 쏟으시며
학수고대 하시던 아버지.

당신과 언약한 그 약속
아직 지키지 못하는 이 불효
제게 주어지는 월계관 있다면

하루 빨리 아버지 영전에
바쳐 올리리다.

누님의 사랑
  - 누님께 바치는 시 (1989. 1. 8)

  칠흑같이 어두운 골짜기
  꿈을 잃고 헤맬 때
  포근한 보름달빛으로 다가와

  마음 빛이 되어
  오뚝이처럼 일어서게 하는
  등대지기

  세월 잣아 올리며
  큰 사랑 쏟으시던
  목련꽃 같은 누님의 가없는 사랑.

지리산에 올라

- 1989. 7. 23

바람 타고
사뿐히 내려와
능선 위에 걸터 앉은 구름바다.

그 운해 속에
섬 섬 섬이 되어
떠있는 연봉 연봉들

대자연을 조각하듯
지리산 봉우리 어루만지는
너는 한 폭의 수묵화로다.

높이 솟은 천왕봉에 올라
그 신비로운 황홀경에 빠져
온 가슴에 호연지기를 품어 본다.

경오년 새해를 맞으며

− 1990. 1. 1

올해도 어김없이
묵은 해를 보내고
경오년 새해를 맞는다.

부질없는 온갖 허욕
벗어나는 대자유인이 되는 길
넉넉한 자연의 품속에서
알게 모르게 지은 죄업
고요히 참회하며 무릎 꿇어 본다.

이웃과 나라 생각하는 마음
변함없이
한 모금의 물이라도 나누어
마실 수 있는 따슨 마음
품을 수 있게 해 달라는
간절한 소망으로
복된 한 해를 기원해 본다.

내 고향 백전

- 고향을 그리는 시 (1991. 1. 15)

상백, 중백, 하백
삼백(三栢)을 백전면(栢田面)으로 병합
8개 리 15개 마을로 된
내 고향 백전

나 태어난 동네 뒷산
험산준령 백운산 기슭
용이 승천했다는
용소(龍沼) 있어
머지않아 큰 인물 난다는 전설 따라
가슴 가득 꿈 품고 자란 어린 시절

산자수명한 곳
산나물 밭곡식 풍성하고
순후한 인심 자랑하는
내 고장 백전

이른 아침 눈뜨면
서당에서 글 읽는 소리
온 동네 울려 퍼지고
생기찬 아가 울음소리

하늘과 땅 맞닿아
사계절 빼어난 풍광
꿈도 자라나는
눈 삼삼 어리는 내 고향 백전

지리산

- 1991. 3. 1

골짜기 숲을 지나
깊은 계곡 풀섶 헤치고
숨가쁘게 찾아온 천왕봉.

백두의 맥(脈) 뻗어내려
어머님의 따스한 품과 같이
온 몸으로 삼남(三南)* 껴안고
우뚝 솟은 산 그대 지리산이여!

굽이굽이 능선따라 이어져 있는
은빛 구름 속 크고작은 연봉들
산수화 같은 병풍 곱게 펼쳐졌구나.

부모 형제의 가슴에 총부리 겨누고
서로 살기위해 죽고 죽이는 싸움터
핏빛으로 얼룩진 피아골 바라보니
애통하게 산화한 원혼들의 넋이
피울음소리로 메아리쳐 오는데
시종 피묻은 지리산은 말이 없구나.

꿈 가득 싣고 천왕봉에 오르니

저마다 뽐내며 피어있는
천태만상의 봉우리 굽어보며
우리의 소원 통일을 목청껏 불러본다.

* 백두산의 정기가 흐른다고 하여 두류산으로도 불리는 지리산은
  전라북도 남원시, 전라남도 구례군, 경상남도 산청군, 하동군,
  함양군에 걸쳐 있는 산으로 최고봉의 높이는 1915m이다.

사육신(死六臣) 영전 앞에서

- 1991. 5. 15

온 겨레 우러르는
어진 이름 사육신
충(忠)과 의(義)와 열(烈)로서
청사에 길이 빛날 님이시여,
의절사 사당을 지키고 있는 수호신
저 푸른 소나무에서 물씬 풍겨오는
솔향보다 더 짙게 느껴오누나.

서릿발 칼날 앞에
털끝만큼도 굴하지 않고
오로지 한 마음 충절 지킨
님들이 계신 노량진 사육신 공원.

벼슬과 목숨 초개같이 여기고
단종 복위 모의를 꾀하다
뜻 이루지 못하고 능지처사 당하신
조선조의 거룩한 충신들
위패 모신 영전에서
지조 높은 정신 다시금 되새겨 본다.

하늘을 찌른 의기
불굴불복한 곧은 절개
보국지신으로서 남긴 유산
이제 떳떳하게 되살아나
국민의 가슴과 뇌리 속에
영원히 타오르는 불길 되어
세세연년 길이 빛날 사육신 충혼이여!

동해바닷가에서

- 1991. 8. 15

이른 새벽 깨우는
물새들의 힘찬 날개짓에
생기찬 하루가 시작되는 바닷가.

해가 뜰 때면
항구는 살아 숨쉬고
간밤에 나간 고깃배 돌아오자
즉석에서 경매가 시작되는 풍경들….

아침부터 사람들로 붐벼
대포항에 쭉 늘어서 있는
파도소리 노래하는 포장마차에서
따뜻한 순대와 새우튀김 신나게 맛본다.

내 마음 가득 품은
탁 트인 검푸른 동해바닷가에서
빛과 음악 흐르는 은빛물결 바라보니
그 눈부신 유혹에 흠뻑 빠져드는구나.

백운산에 올라
- 1991. 10. 15

구름꽃 뭉실 피어 있는
산자락 속살 헤치며
그 옛날 용(龍)이 살았다는
용소를 지나
청정 향기 그윽한
백운산 정산을 오른다.

만산에 물든 꽃빛 설레임
꿀 빨던 벌 나비들
잉잉거리는데
백운산 상봉 오르면
산 산 산이 내 품안에 있는 것을 ….

우리 모두 통일성업(統一聖業)에
이 한 몸 바치자꾸나
 – '민족통일국민운동본부' 창립에 부치는 축시 (1992. 6. 13)

　자유민주주의에 입각한
　평화적 통일운동 전개하고자
　전국 각지(各地)에서 모여든 동지들
　그 웅지와 기상 행사장 가득하구나.

　민족지도자로서 파란 만장한 삶 살면서
　후학(後學)과 민족운동 세대들에게
　사표(師表)가 되신 '안호상' 박사님,
　초대 총재 겸 공동대표 의장 멍에 지셨네.

　'한뫼 · 안호상' 박사님을
　통일 운동의 선두에 모신
　오늘의 뜻 가슴 깊이 새기고
　민족통일의 함성 힘차게 울려퍼지게 하자꾸나.

　남과 북이 적대시하며
　대치하고 있는 준전시 상태에서
　하루속히 조국 통일의 그날 앞당기기 위해
　우리 모두 통일성업에, 이 한 몸 바치자꾸나.

금정산을 오르며

- 1993. 3. 1

범어사를 지나고 원효암이 있는
바윗돌을 밟고 금정산을 오르며
마음에 꿈틀대는 욕망의 덩어리
어느새 자연 속에 녹아 내린다.

저만치 오가는 행인들의 밝은 모습에
덩달아 좋아지는 기분 살려
세상일에 찌든 폐부 깊숙한 자리
초록 향기로 산소갈이 하며
산의 크고 높은 사랑을 배운다.

무엇을 위해, 무엇 때문에
화두 하나 가슴에 품고
산의 지혜로움 닮으려고
짬짬이 올라 보는 금정산.

솔잎에 부딪히는 바람소리
싱그러운 산새 노래
아름다운 풍경 가슴 가득 안겨 주고도
한 번도 대가를 요구한 적 없는
금정산을 오르며

모자란 생각 한 점
잠시나마 깨달음에 젖는다.

'성인보' 시조 할아버지 시제(時祭)에서,
경건히 고하나이다
 – '창녕성씨대종회 청년회장' 취임에 부쳐 (1993. 11. 14)

　　선조의 피와 얼 이어받은
　　창녕성씨 젊은 종원들이 모여
　　문중의 무궁한 발전 도모해 나가고자
　　창녕성씨대종회 청년회 결성한 자리에서
　　한 알의 밀알이 되고자 청년회장 수락했네.

　　명문 호족의 후예로서
　　긍지와 자부심 잊지 않고
　　경조정신 생활화 하면서
　　종친간 긴밀한 유대 이루고자 하네.

　　예로부터 수많은 인물 배출하여
　　국가의 사직(社稷) 바로 잡은
　　조상(祖上)의 업적 되새기면서
　　부끄럽지 않은 후손(後孫)되고자 하네.

　　다시금 선조의 맥 찾아서
　　창녕성씨 문중의 기틀 다지고
　　숭조의 이념아래 후손된 도리 다해
　　자자손손 번영의 꽃 피울 수 있게 해달라고
　　'성인보' 시조 할아버지 시제(時祭)에서, 경건히 고하나이다.

북한산 백운대에 올라

- 1994. 1. 12

칼바람 맞으며
북한산에 핀 설화보며
마음 밭에 내린
번뇌를 날린다.

맑게 속삭이는
계곡물에 눈을 씻고
산새들의 정겨움에 마음 주름 다림질하며
잡힐 듯 잡히지 않는
꿈을 찾아 나서는
겨울 나그네.

저만치 다가오는
빛의 소리 가슴에 품고
설화 속에 쏟아지는
햇살 온 누리 번져 가네.

우리 집 복덩어리, '상윤'이의 날이로다
– '상윤'이의 첫돌을 맞아 (1994. 9. 18)

'성인보(成仁輔) 시조(始祖) 대 이은
창녕성씨(昌寧成氏) 회곡공파 25세손 되는
'성태진'과 '이승애'의 아들 '상윤'이가
세상구경 한 지 일 년 되는
첫돌 잔치 마당에 축하 열기 가득하네.

주인공되는 아들 이름은
서로 상(相)자에
윤택할 윤(潤)자로
항상 서로 도우며 윤택하게 살아라는 뜻으로 지었네.

돌잔치 축하연 자리에
제가 사회단체에서 사무총장으로 있는
민족통일국민운동본부 총재이신 '안호상' 박사님,
제가 서울특별시의회 의장비서실장으로 있는
서울특별시의회 '백창현' 의장님을 비롯한
몇 분들께서 유머 섞인 축사 말씀해 주시니
장내 분위기가 화기애애 꽃이 피는구나.

축하객으로 찾아주신 분마다
'상윤'이를 보고 "항상 건강하게 무럭무럭 자라,

장차 이 사회와 국가를 위해 훌륭한 사람되라"는
뜻있는 말에 '고맙습니다' 라고 인사 나누는
오늘은 경사스러운 날
우리집 복덩어리, '상윤' 이의 날이로다.

돌아가는 삼각지
- '배호' 가수를 그리며 (1995. 3. 20)

1942년 4월 24일 만주에서
독립군 '배만금'의 아들로 태어나
1971년 29세의 아까운 나이에
신장병으로 요절한 '배호' 가수.

1966년 '돌아가는 삼각지' 음반 발표 후
MBC 10대 가수상을 비롯하여
생애 29개의 각종 상 수상하고
5년여 가수 활동기간 인기 절정 누렸네.

연인을 만나러 왔다가
만나지 못하고 돌아간다는
애절한 가사의 곡인
'돌아가는 삼각지'가 히트 되면서
만인의 사랑을 받게 된 '배호' 가수.

들려오는 '배호'의 노래 감상하며
배호팬과 삼각지를 사랑하는 사람들이
뜻 모아 만든 휴식 공간에서
옛 추억 되새기며 생각에 잠겨보네.

추억

– '천자봉' 구보 그리며 (1995. 8. 1)

귀신도 잡는다는
해병대 훈련시절
눈동자조차도
함부로 움직일 수 없는
군기로 무장된
정신과 육체의 고달픔

완전무장으로 걷는 행군
천자봉 구보 시절
쓰러질 듯 넘어질 듯
어머니를 외치며
젖 먹던 힘까지
다 쏟아내며 걷던
고행의 추억 길

그날 있었기에
오늘 이 나라가
지탱해 오지 않았을까
물 속에 빠진 것 같은
흠뻑 땀에 젖은 군복
갈증 달래며 논둑에

엎드려 목 축이던
그 달콤하던 논물

논물과 눈물 범벅이 되던
그 시절이
오늘 이렇게 추억속에 되살아 난다.

월드컵 성공 위해, 우리 모두 하나로 뭉치자꾸나
- '2002 월드컵유치범국민운동 부산추진본부' 조찬 간담회에서
(1995. 12. 15)

지구촌을 뜨겁게 달구며
세계인을 품안에 끌어 안고
무한 감동의 드라마 연출하는
축제의 마당인 월드컵 성공 다짐하고자
범국민운동 부산추진본부에서 조찬 간담회 가졌네.

다같이 성공 다짐하는 행사 가진 후
부산지역본부를 총괄하는 조직위원장을 맡아
부산지역 시민 단체들과 부산역 광장에 집결해
월드컵 홍보 팸플릿 나누어 주며
부산시민 대상으로 홍보 활동 전개했네.

이 뜻깊은 가두홍보에서
방명록에 서명하는 분들마다
꼭 월드컵 축구대회에서 우리나라가 선전 분투해
역사적 신화 만들 수 있도록 신신당부 하는 말에
월드컵유치범국민운동 임원으로서 그 책임감 절감하네.

이제부터 혼신의 힘을 쏟아
조국 대한민국이 세계 축구사에

한 획을 그어 우뚝 솟을 수 있도록
축구대회 개막하는 2002년 5월 31일 그날까지
월드컵 성공 위해, 우리 모두 하나로 뭉치자꾸나.

추억

– 고향 벗들을 그리며 (1995. 12. 30)

동지 섣달 기나긴 밤
함박눈 펑펑 퍼붓던 날
초록이 눈부신 아지랑이 속에서
산촌의 계곡에 흐르던
풋웃음 어린 얼굴들.

고추잠자리 잡으려다
홍시감에 미끄러져
남 보기 부끄러워
수줍음 잘 타던 그 모습들.

오늘은 다들
어디에서 무엇을 하는지
그대 나의 벗들이여,
이 생명 다하는 그날까지
서로 우의(友誼) 나누며 살자꾸나.

둥지

− 가족에게 바치는 시 (1996. 1. 1)

나는 너를 몰랐다
내가 너를 떠나오기 전까지는
너란 존재가
얼마나 따뜻했던가를 ….

깊은 시름에 빠져
숨죽이고 있는 나를 보고
다시금 일어서게 해 주는
그런 존재일 줄은 미처 몰랐다.

내가 너의 품을 떠나 있을 때
나는 너를 잊지 못하고
내 마음의 고향으로
비로소 살아있는 것을 알게 되었다.

태백산 천제단

- 2000. 10. 3

민족의 영산
백두대간의 중추 우뚝 솟아
국토의 젖줄
한강과 낙동강을 발원하는
성스러운 태백산 천제단.

그 옛날 신라 일성왕이
친히 찾아 천제를 올린 곳
강원도민 체육대회의 성화 채화지
살아 천 년 죽어 천 년이라는 주목(朱木)이
자태를 뽐내며 자생하고 있는 곳
하늘 열리는 개천절을 맞아
태백산 천제단을 찾은 나의 발길이여 ….

김영삼 대통령 생가를 찾아서

– '경남 거제시 장목면 외포리 대계마을' 생가에서 (2001. 6. 18)

대금산 자락에 자리 잡은
경남 거제시 장목면 외포리 대계마을
서기집문(瑞氣集門)이라는
뜻 떠올려보며
잘 정돈된 소장품 구경에
관광객 발걸음 끊이질 않는구나.

거산(巨山)이 태어나
13세까지 성장한 생가
큰 닭과 같이 생겼다 하여
대계마을로 불리는 아담한 포구 마을
마주한 해금강 바라보며
충무공 이순신 장군의 기상으로
지도자의 꿈 키워오신
대통령의 발자취 돌아본다.

나그네들의
청량한 힘으로 솟구치는
대도무문(大道無門)의 글귀 음미하며
오늘도 역사속에 흘러가는
자신을 조용히 추스려보누나.

내 고향 함양이여, 영원히 빛나라

 - 고향을 그리는 시 (2002. 1. 15)

백두대간 영산 지리산 정기 마시며
선비의 고장 함양에서
여린 등뼈 꼿꼿이 일으키며
내 영혼을 살찌우고
내일의 꿈을 설계하며
천왕봉 바라보며 맹세한 약속.

지천명의 세월 속에서
아직도 접지 못하는 꿈 하나
남모르는 서러움에 젖을 때면
봄 동산 매화꽃길 떠올리며
다시 일어서고
지천에 피어 있던
아카시아빛 그리움 눈시울 적시며
따슨 친구들과 물장난 속에서
사나이 의리를 키우기도 했었지 ….

코스모스 하늘거리는 가을이 오면
그 어디선가 나처럼 늙어가고 있을
고운 친구들 생각에 때로는
박꽃 웃음으로 쓸쓸함 달래기도 하는

한적한 산골
찬란한 역사의 향기 곳곳에 묻어나는
하얀 눈 유달리 많이 내리던
내 고향 함양의
굳센 의지와 향기 이어받아
이 나라 이 땅을 위해
열심히 봉사하며 살아가리
내 고향 함양이여, 영원히 빛나라.

열심히 봉사하면서, 알찬 삶 일구어 나가자꾸나
– '새금정로터리클럽' 회장 취임에 부치는 시 (2002. 6. 27)

국가, 사회, 이웃을 위하고
나아가 세계 평화를 목적으로
각종 분야 전문 직업인들이 모여
국제적 사교 · 봉사단체로 활동하고 있는 로터리클럽.

매주 개최되는 주회에서
각종 봉사 현안들 채택해
회원들 스스로 앞장서는 자세로
그 해결책 하나하나 풀어 간다네.

어느덧 경력 쌓이다보니
오늘 그간의 공로 인정받아
국제로터리 제3660지구
새금정로터리클럽 회장 취임하네.

취임식장에 월드컵 행사로 조국 찾으신
2002 월드컵 축구대회 미주전지역 조직위원회
'김덕곤' 회장께서 친히 참석해 주시어
축사 말씀과 아울러 행사장 분위기 한껏 무르익었네.

"사랑의 씨앗을 뿌리자"라는

국제본부에서 내걸은 로터리클럽 표어처럼
우리 모두 로터리클럽 정신 이어받아
열심히 봉사하면서, 알찬 삶 일구어 나가자꾸나.

향수
- 고향을 그리는 시 (2002. 10. 15)

닭 울음소리에 하루를 열고
동터오자마자 논갈이 하는 농부들
들녘에서 봄나물 캐는 아낙네들
흙냄새 물씬 풍겨 정겹고 살맛나는
아, 꿈같이 그리워지는 고향 산천.

한여름 비지땀 식히기 위해
시냇가 미역감던 유년 시절
방과후 소 몰고 풀뜯기며
나무 그늘아래 누워 책읽던
아, 꿈같이 그리워지는 고향 산천.

산마루 타는 가을 놀 눈부시고
가가호호 밥짓는 굴뚝 연기
입맛 당기는 구수한 된장찌개
부글부글 가슴에 파고드는
아, 꿈같이 그리워지는 고향 산천.

눈내리는 밤이면 호롱불 아래
도란도란 온 식구 모여 앉아
화롯불에 알밤 구워 먹으며
동화속 이야기 다같이 듣던
아, 꿈같이 그리워지는 고향 산천.

고향은 예대로 인데
지난 추억 아득히 멀고
코흘리개 벗들 눈에 삼삼
까마아득한 전설이 되어버린
아, 꿈같이 그리워지는 고향 산천.

이성근 화백의 예술혼, 높이 받들면서

– '포스코 미술관' 초대전에서 (2003. 2. 5)

생기 넘치는 화폭 위에
강한 에너지 불어 넣은
격조 높은 작품 감상하고자
포스코 미술관에 모였네.

한평생 예술혼 꽃피우고자
불꽃 튀는 열정 가슴에 품고
쉼없이 달려온 그대 있기에
한국화단이 훤히 밝아오는구나.

스스로를 채찍질 하고자
대한민국 미술대전 심사위원 거치고도
지구촌 도처를 넘나들며
세계 화단 섭렵한 화백이시여!

지금껏 쌓아온 명성 걸맞게
오늘 성대히 열리는 초대전에서
그 높고 깊은 뜻 느끼노니
더욱 영광 있으라, 축하의 뜻 드린다.

비무장지대 DMZ에서

- 2003. 10. 18

힘이 넘치는
'717 OP' 관측소 장병들 눈망울 속에
피어오르는 통일의 소망.

따사로운 햇볕
수없이 오고갔어도
총부리에 내린 숨결
가파르기만 한 비무장지대.

늠름한 기상으로
안보 현장 설명해 주시는
'OP 종합상황실장'의 푸르게 일어서는 맥박
월비산 엥카고지를 잠들지 못하게 한다.

삼일포 호수가
아련히 흔들거리는 비무장지대
뭇 젊음의 시간을 앗아가고
큰 소망 하나 바람결에 실어 보낸다.

한라산을 오르며

- 2004. 3. 31

갈매기의 꿈 가득 싣고
한라산 오름 오름마다
피어 있는 야생화

역사의 뒤안길에서
말없이 숨져간 수많은 영령들
뭉개구름 되어 산정을 맴돈다.

반 세기 지나서야
밝혀지는 피묻은 오름길
가슴에 묻고 살아온 후손으로
아프게 내딛는 무서운 발걸음

4.3 사건 영령들이여!
오름 아래 만발한 유채꽃처럼
해 맑은 웃음 가득히
한라산 햇살 받아
검은 구름 헤치듯
설문대 할망 수호신께 빌어본다.

내 고향 상림숲

– 2004. 7. 1

푸른 산 휘감긴 고장
최치원 선생의 숨결 고스란히 살아
눈부신 햇살 가려주고 땀방울 식혀주는
웰빙으로 뿌리내린 내 고향 상림숲.

청정수 흐르는 냇가 소(沼)에서
첨벙첨벙 물 튕기며 멱 감던
어린 시절 개구쟁이 친구들 모습
흘러가는 뭉게구름 속에 떠오른다.

골골이 포개진 앞쪽 지리산
뒤쪽 저 멀리 펼쳐진 백운산 자락
하늘과 땅이 맞닿은 천왕봉 아래
천혜의 경관 자랑하는 내 고향 상림숲.

상림숲 연당을 찾아서
– 2005. 8. 5

백두대간 뻗어내려 머무는 곳
땅 속 기운 받은 뿌리 위에
하늘 정기로 꽃을 피우는
내 고향 상림숲 연당을 찾노니

해마다 미모 선보이고자
백련 홍련으로 곱게 단장
연당 속에 은은한 자태 뽐내며
새악시 볼처럼 피어나는 꽃이여!

고장의 자랑인 연꽃
봉오리 맺어 환히 웃으면
아이같이 해맑은 모습
만인의 마음 송두리째 빼앗는구나.

언제나 그윽한 미소
상림숲 연당에 불 밝히며
엄마 품에 고이 안기듯
온 몸으로 온 몸으로 피는 꽃이여!

천혜의 땅 함양을 찾아서

- '제2회 함양산삼축제' 에 부치는 시 (2005. 7. 1)

산 산 산으로 휘둘린 고장
좌 안동 우 함양으로 한 길 트이고
명현석학의 줄 이은 천혜의 땅
상서로운 기운 천왕봉을 넘노니

지리산, 백운산, 기백산의 정기
용추계곡, 백무동계곡, 칠선계곡 흘러내려
비옥한 토양 속에 게르마늄이런가
고장의 자랑인 천하일품 산삼이여 !

이제 웰빙으로 뿌리내린 함양
온 겨레 건강 지켜줄 산삼축제
세계의 랜드마크로 자리 잡아가는
산삼의 고장이여, 영원히 빛나소서 !

내 사랑 청계천
– '청계천 새물맞이' 에 부치는 시 (2005. 10. 1)

긴 잉태 속
소생의 바램 타고
다시 태어난 복동이

서쪽으로 굽이 돌아
동쪽 실개천 거쳐
중랑천 물길 따라
용틀임하듯 한강으로 이어진 줄기

모전교에서 고산자교에 수놓은
이름표 새긴 역사의 현장
스물두 개 명소 교각 아래
옛 고향 찾아 노니는 물고기 떼들
경쟁하듯 흐르는 청맑은 물빛

반 세기 세월 속 썩고 병든 부위
도려내 새로 돋은 살
청정천이 살아 숨쉬고 있음을

일천 일백만 시민의 자존심
한 몸에 안고

맑고 맑은 흐름
싱그러운 생태 하천으로
살아 숨쉬는 내 사랑 청계천이여 !

내 사랑 독도
– '민족통일국민운동본부 정기총회' 행사장에서(2005. 11. 21)

검푸른 동해 바다
아무도 넘보지 못하게
수호신처럼 서 있는 모습

조국을 지킨 거북선의 위용
그대로 형상 짓고 있기에
마음 든든한 파수꾼인 그대

그대를 침탈코자 영유권을 주장한
군국주의 왜(倭)의 망언에 분개하듯
백색 몸빛 자랑하는 괭이갈매기들조차
성난 파도와 함께 울부짖고 있으니 …

겨레의 혼불 온 몸으로 지키며
그 발뿌리 푸른 파도 일렁이는
그대는 진정 내 사랑 독도 !

아리수 포럼의 노래

– '아리수 포럼' 창립에 부쳐 (2006. 1. 11)

태백산 준령 내려
양수리 굽이돌아
한 강, 서해 바다,
태평양 대해로 흘러가는 물길이여!

고구려적 일컬어오던
한강 아리수,
좁은 한반도를 벗어나
드넓은 세계를 향해
힘차게 뻗어가는 동방의 젖줄

수도 서울의 기상 지닌
아리수 한강
진정 하늘의 선물이기에
천지 기운 모아 내일을 열자구나.

새 지평을 열어갈
우리의 희망,
길이 빛나리 아리수 포럼이여!

파랑도를 사랑하는 날에
– '파사모' 창립에 부쳐 (2006. 2. 20)

남한강과 북한강이 만나는
양평 땅 파랑도에
꿈의 정원 하나

멀티게놈 육종의 열매를 거둔
'박교수' 박사
그대는 이 나라에
지상 낙원의 등불 밝히고

'나무는 어머니와 같다'고 하신 그대
지구 구원의 유토피아 동산 파랑도에
그린혁명 꿈꾸며 큰길 열어 가시니

푸른 물결 넘실대는
이 아름다운 동산
우리 모두의 꿈이런가
파랑도 사랑하는 마음들 모아

푸르게 파도치는 파사모
그 창립의 날 축배를 드노니
파사모여, 그대들의 꿈 영원하리 !

한미동맹(韓美同盟)이여, 영원하라 !

- 주한 미대사 'Alexander R. Vershbow' 초청, 조찬강연에
  부치는 시 (2006. 3. 10)

그 어느 때보다
동북아 정세가 요동치고 있는 이때
한미동맹의 필요성이 간절하여
주한 미대사 초청하여 그 해결책 찾고자 하네.

저 자신 한미복지문화교류회 한국회장으로
평소 미국 방문을 자주 하다보니
우리나라와 돈독한 혈맹 관계인
미국의 고마움 잘 알게 되었네.

현재 남과 북이 갈라져
한 순간이라도 안심할 수 없는
일촉즉발의 위기감 팽배하던 차
주한 미대사의 강연 듣고 나니, 마음 푹 놓이는구나.

강연이 끝난 후 단상에 올라
제가 쓴 시집과 도자기 증정하니
환한 미소로 답례해 주는 모습
한미동맹의 우의 그대로 화답해 주는 것 같구나.

길이 빛날 박진(朴振)의원이시여 !
- 출전 축시 (2006. 4. 5)

조국의 부름 받고
꿈을 꾸는 님이여 !

그대는 진정
종로의 아들답게
우뚝 솟은 북악산 큰바위로다.

온갖 폭풍우 속
험난한 가시밭길 시련도
꿋꿋하게 헤쳐나가는 힘있는 지도자 !

그 이름
박진감 넘치는
떨칠 진(振)자로
길이 빛날 박진(朴振)의원이시여 !

세세연년 이어갈 남산 축제여 !

– '제1회 남산축제'에 부쳐 (2006. 8. 14)

문화 서울의 한복판
국민화합의 선봉장 되고자
역사와 전통의 향기 뿜어 올리며
영원히 꽃필 잔치의 한마당에
손에 손잡고 축배의 잔 높이 들자꾸나.

배달의 얼 이어 받아
민족의 혼불지킨 백범 김구 선생님,
온 몸 던져 산화한 안중근 의사,
삼국통일 위업 달성한 김유신 장군상 …
그 위용 서울타워보다 더 우뚝 솟아
평화통일 염원 안고 조국의 산하를 지키고 있구나.

하늘이 내려준 유산
가슴에 품은 남산의 기상
우리의 랜드마크, 하나되는 축제의 장
세세연년 이어갈 남산 축제여 !

그대 서울문화사학회여, 자자손손 길이 빛나소서!

– '서울문화사학회 창립 20주년'에 부치는 시 (2006. 11. 14)

선조들이 뿌린 씨앗
서울 문화의 자취 찾아가면
묻혔던 숨결 이다지 벅차구나 !

문화 서울의 횃불 되어
온 누리를 환히 밝히고자
그대 태동한 선구자들
어느덧 천고의 연륜이 쌓였구나 !

북쪽에는 북한산 병풍처럼 둘러있고
남쪽에는 관악산 성벽처럼 껴안으며
용틀임하듯 물결치는 한강의 줄기줄기
도도한 역사의 흐름 갈수록 늠름하구나 !

서울 사랑 꽃피운 지
어언 스무 돌 축제의 마당에서
이제 그 정신 튼튼히 뿌리내려
그대 서울문화사학회여, 자자손손 길이 빛나소서 !

시비(詩碑)앞에서

– 〈짝사랑〉시비 제막식 행사장에서 (2006. 11. 16)

'한국 애송시집' 속에 수록된
〈짝사랑〉시비 제막식장
경남 양산시 하북면 백록리
도자기공원 문학동산 찾아 갔네.

살아 생전(生前)
시인(詩人)이 되어
꼭 남기고 싶은 게 있었지.

오늘의 주인공 되어
상기된 가슴 달래며
그토록 꿈꾸던 시비 앞에 서니
의기양양 개선장군 부럽지 않네.

병술년 늦가을 정오
문학 글벗들이 함께 모여
시비의 얼굴 보고자
제막의 줄 당기니
의연한 자태 늠름하구나.

거금도 청석에
어느 조각가 장인(匠人)이
그 혼불을 살라
한자 한자 정성껏 새겼구나.

정해년 새해 아침에

- 2007. 1. 1

동터오는 여명의 시간
황금돼지* 꿈꾸는 잠에서 깨어나
새 빛 터지는 함성으로
정해년 새해 아침을 맞는다.

저 붉은 태양
온 누리를 감싸듯이
해묵은 어두움 다 걷어내고
새 도약 함께 꿈꾸어 보자꾸나.

올해도 어김없이 첫날 열어
희망의 불씨 지피기 위해
꽃 대궐처럼 화사하게 피어오르는
무지개 빛 소망 가슴에 담고 있노니 ….

고달픈 삶 씻어주는
신명나는 한해가 되고
청신한 마음으로 살게 해 주기를
해돋이 동녘 하늘 향해
새해 아침 두 손 모아 간구해 본다.

* 2007년 정해년은 600년 만에 돌아오는 '황금돼지 해' 임

호미곶 해맞이

- 2007. 1. 1

한반도 동해안 최동단
호랑이 꼬리 형상의 호미곶
해맞이 명소답게 한폭의 그림처럼
일출과 일몰을 볼 수 있는 곳.

황금돼지 해 알리며
서서히 여명 동터오자
순간 어두움 몰아내고
가슴 설레이는 풍경 맛보는구나.

천지 기운 박차고
바다와 하늘 가르며
황금빛 머금고 피어나는 햇살
그 장관 눈부시도록 빛나구나.

간절한 소망 기도하듯
두루 세상을 비추어주는
새해 첫 해돋이 맞으며
꿈같은 황홀경에 빠지는구나.

내 사랑 민족의 젖줄 한강이여 !

– '한강포럼' 창립에 부치는 축시 (2007. 2. 8)

태고의 신비 품고
도도히 흐르는 강
한강포럼과 함께
그 물줄기 흘러가네.

온 국민이 뜻모아
땀과 눈물의 결실로
한강의 기적, 산업화의 기적 낳고
이제 내일을 꿈꾸고자 모였네.

다시금 희망의 고동소리
자자손손 자랑할 수 있는
역사를 이끄는 물결되어
제2의 한강의 기적,
선진화의 기적 이루려고 하네.

한치 앞을 볼 수 없는
벼랑끝 조국 직시하며
애국애족세력 일꾼들이
한강포럼 기치아래 떨쳐 일어나서
영광의 새 아침 활짝 열어가세.

한반도 푸른 하늘 아래
평화의 나래 펼치며
우리의 찬연한 역사 빛낼
내 사랑 민족의 젖줄 한강이여 !

그대 새시대새물결운동이여,
웅비의 나래 펼치소서 !

– '새시대새물결운동본부' 전국창립대회에 부치는 축시
(2007. 2. 27)

절망의 늪에서도 희망을 찾아
내일을 기약하는 민족사의 주춧돌
우리 모두 큰 뜻 품고 전국 방방곡곡에서 모였네.

근면 자조 협동의 정신으로
요원의 불길처럼 타올랐던
조국 근대화, 민족중흥의 기적 낳은
새마을 운동 오늘에 되살려
다시금 내일을 꿈꾸자 하네.

이제 세계 속에 우뚝 설
선진 한국으로 거듭나기 위해
한마음 공동체 기치아래 분연히 일어나서
위대한 화합에 동참한 동반자들이여,
영광의 새 역사를 펼쳐 나가자꾸나 !

인도의 시성 타고르의 예언같이
'동방의 등불 코리아'의 정신 잇는
대한의 후손들…
길이길이 새시대 새물결로 뭉쳐

자손만대 영원히 조국 사랑 꽃피우고자
새 지평 열어갈 시대적 사명 다짐하는 이 자리
그대 새시대새물결운동이여, 웅비의 나래 펼치소서 !

푸른 창공 나는 학처럼, 천수(天壽)를 누리옵소서 !

– 민족통일국민운동본부 '백은기' 상임대표, 미수(米壽)축하연에서

(2007. 3. 7)

수원 백씨 동림공파 33대손
명문 혈족의 3남 2녀중 차남으로
1920년 1월 17일 부여에서 태어나
온갖 풍파 헤치며 꿋꿋이 살아오신 분이여!

1942년 '엄정옥' 여사와 혼인
슬하에 3남 1녀 두시고
신흥무역개발(주) 기업 운영하면서
사회운동에 몸바쳐 오신 '백은기' 상임대표님!

1992년 당시 '안호상' 박사 모시고
민족통일국민운동본부를 창립한 이래
지금까지 민족정기 일깨워 오시면서
일편단심 통일염원에 열정 쏟고 계시는 분이여!

한평생 애국운동 펼쳐 왔기에
여든여덟 살 미수연(米壽宴)자리에
평소 친분 두터운 축하객들로 꽉차
그 열기 후끈후끈 달아 오르는구나.

'돌처럼 오래 사시고, 샘처럼 복을 누리시라'는
제가 드린 석수천복(石壽泉福)의 글귀처럼
남북통일의 기쁨 만끽하는 그날 올 때까지
푸른 창공 나는 학처럼, 천수(天壽)를 누리옵소서!

송죽같은 푸르름으로 늘 건강하시고,
만복을 누리옵소서!

- '율암 · 백창현' 박사님, 팔순을 기리는 축시 (2007. 4. 11)

수원 백씨 문경공파 30세손
명문 혈족 4남 2녀의 장남으로
1927년 서울 강남구 논현동에서 출생
강남 토박이로 언주초등학교, 경동고등학교와
연세대학교 경영학과를 졸업하시고
뜻하신 바 있어 율암산업주식회사를 창업
근면, 자조, 협동의 새마을정신 실천하면서
경기도 팔탄면 율암리 10만 여평에
밤나무 조림을 조성하여 모범 보이신 '율암 · 백창현' 박사님 !

1952년 이숙열 여사와 혼인
슬하에 3남 1녀 두시고
부모님께 대한 남다른 효성으로
직접 노인학교 운영하면서
경로효친 실천에 앞장서셨으며
또한 지역과 국가 위해 일하겠다는 일념으로
1991년 서울특별시 시의원으로 당선되시어
서울특별시의회 생활환경위원회 위원장,
수도권 매립지 운영관리회의 초대 의장,

백창현 명예박사 산수연
서울특별시의회 3대 의장
대한노인회 중앙회 10, 11대 회장
일시 : 2007년 4월 11일　장소 : 임피리얼팰리스호텔 메라크

경
축

제3대 서울특별시의회 의장,
전국시도의회의장협의회 회장과
노인사회의 권익신장과 복지 증진에 선도적 역할 수행하고자
제10대, 제11대 대한노인회 중앙회 회장 두 번 연임하시고
전국노인복지단체협회 회장 역임하신 '율암 · 백창현' 박사님!
더욱이 우리 사회의 귀감되어 봉사해 오신 공로로
수많은 상훈 중 몇 개만 열거해 본다면
효자상을 비롯하여 국민포장, 국민훈장 목련장,
중화민국 세계평화대상 수상, 자랑스런 연세인상,
국민훈장 동백장에 이어
자랑스런 경동인상을 받으신 '율암 · 백창현' 박사님!

현재 고령임에도
율암그룹 회장, 강남 언주초등학교 총동창회 회장,
대한노인회 중앙회 고문, 대한농아인노인회 공동대표로
노익장을 과시하고 있는 '율암 · 백창현' 박사님!

긴 세월 한결같이 여든을
선구자의 삶 살아오신 것처럼
모범적인 집안의 대들보 되어
사랑을 꽃피우시는 '율암 · 백창현' 박사님!
오늘 팔순을 기리는 산수연 맞아
송죽같은 푸르름으로 늘 건강하시고, 만복을 누리옵소서!

영광스런 그날 위해 힘찬 나래 펼치소서
- 2007. 6. 11

이 나라 국민이 존경하는
위대한 역사 이루어내실 님이시여 !
그대는 온 누리에 횃불되어
근혜(槿惠)꽃 수놓을 귀한 보배로다.

험난한 가시밭길 시련도
꿋꿋이 이겨 내고
송죽(松竹)같은 푸르름으로
이 땅 이끌어 나가실 큰 이름이여 !

만 백성(百姓) 품에 안고
삼천리 방방곡곡 영원히 빛낼
대한의 국화(國花), 무궁화꽃이여 !
영광스런 그날 위해 힘찬 나래 펼치소서.

내 사랑 간도여 !

- 2007. 9. 4

배달의 뿌리
겨레의 혼과 얼
살아 숨쉬는 간도 땅 !

압록강 두만강 저 북녘
아픈 상처 달래며 살아온
내 사랑 간도 동포여 !

칼바람 몰아치는 북풍에
슬픔 뼛속까지 스미고
가슴만 가슴만 치던 내 동포여 !

먹물로 지새운 통곡의 세월
어찌 잊으랴 그 갈림길
누가 가로 막고 있는가
그 울분 삼키고 사는 동포여 !

다시 한자리 둥지를 틀고
동방의 해뜨는 나라 조국에서
오순도순 모여살 그 날을 위해
우리 모두 함께 꿈꾸자꾸나

사랑하는 우리 동포여
내 사랑 간도 동포여 !

태안 모래톱
- 태안 바닷가 구례포에서 (2007. 12. 26)

악몽의 그날
이 청천벽력 같은 재난의 바다 찾는다

태안의 온 해안에
순식간 번진 타르 덩어리

기름 제거 위해 달려온 일손의 행렬
검은 기름띠 닦느라
구슬땀 흘리는 장한 모습들

끝없이 이어진 사랑의 손길로
어민들의 생활 터전 되돌리도록
나라의 온힘 함께 모아 나가세.

역사의 수문장 숭례문

- 2008. 2. 10

한순간 형체 없이 사라진
사직의 보루 숭례문,
이 억장 무너지는 슬픔 가눌 길 없구나

왜란, 호란, 동란 때도
민족의 자존심 지켜 왔는데
잿더미 된 숭례문이여

온 국민의 가슴 새까맣게 태우고
발가벗긴 채 낭떠러지로 추락해버렸으니

분노와 허탈
아쉬움과 안타까움 다 잊어버리고
허전한 빈자리 다시 채워
옛 모습 보란 듯이 우뚝 세우자꾸나

6백년 역사의 수문장, 그대 숭례문이여 !

- 2008. 2. 10

정신나간 방화범 채종기의 소행으로
2008년 2월 10일 오후 8시 40분경
화재가 발생 형체없이 사라진 숭례문이여,
꿈인가? 생시인가?
이 무슨 날벼락이란 말인가?
이 나라에 문화재 행정이 있기나 한 것인지
억장 무너지는 슬픔 가눌 길이 없구나
정녕코 총체적 부실이 낳은 재앙이로다.

조선 태조 7년 1398년 세워
왜란, 호란, 동란 때도
민족의 자존심 고이 지켜왔는데
시뻘건 불꽃 내뿜으면서
화마로 잿더미가 되어버린
국보1호 그대 숭례문이여,
간절한 마음으로 참회하며 조사 바치노니
그대 지키지 못한 우리 역사의 죄인이외다
삼가 땅바닥에 엎드려 용서를 비옵니다.

숭례문(崇禮門) 세 글자와 함께
온갖 만고풍상 견디며 동고동락 해 왔기에

허망하게 무너진 역사 앞에
문화 민족, 문화 강국
문화 서울이란 말이 부끄러워
차마 두 눈 뜨고 바라볼 수 없도다.

수도 서울의 상징 그대 숭례문이여,
그 아름다움, 그 웅장함
조상의 얼 담긴 문화 유산이
어처구니 없는 인재(人災)로
온 국민의 가슴까지 새까맣게 타버려
문화 민족의 수치로만 남았구나.

이제 분노와 허탈한 심정
아쉬움과 안타까움 다 잊어버리고
선조와 후손에게 속죄하는 마음으로
하루빨리 역사의 맥 되살리는 복원으로
허전한 빈 자리 새롭게 세우자꾸나
6백년 역사의 수문장, 그대 숭례문이여 !

지구촌에 우뚝 설 대한민국 되게 하소서 !

– 제 17대 '이명박' 대통령 취임에 부쳐 (2008. 2. 25)

겨레의 여망 한 몸에 안고
한나라당의 기수로 대선 출마하시어
압도적 승리로 당당히 국민앞에 서신
우리의 희망, '이명박' 대통령님이시여 !

애국 애당의 깃발 아래
화합과 신의로 굳게 뭉쳐
그토록 갈구하던 정권교체 이루어
국민과 소통하는 지도자 탄생되셨네.

선진인류국가 건설 위해
손에 손잡은 동지들과 함께
역사적 사명 완수할 수 있도록
우리 모두 힘과 지혜 모으자꾸나.

국가 백년대계 꿈 그리며
청사(靑史)에 길이길이 빛날
이 민족 이끌어 갈 님이시여,
지구촌에 우뚝 설 대한민국 되게 하소서 !

125

삼일절을 맞으며

- 2008. 3. 1

이언 89년전 오늘
대한독립 만세 함성
삼천리 강산에 울려 퍼졌네.

무도한 일제의 총칼
말발굽에도 굴하지 않고
민족의 이름 아래 하나된 그날이여 !

대한민국 임시정부를 수립
조국의 기초 든든히 다지고
자유와 민주 외치던 그날이여!

수많은 애국지사 있었기에
조국의 독립 이룩하고
마침내 대한민국 우뚝 세웠도다.

이제 새시대의 문 활짝 열어
선진인류국가 다짐하며
하나된 한민족
통일된 대한민국
그 날의 환희 하루속히 맛보자꾸나.

127

송죽같은 푸르름으로 늘 건강하시고
만복을 누리옵소서

 - '이효의' 여사님, 백수(白壽)를 기리는 축시 (2008. 3. 8)

하동 정씨 명문 거족
'일두 · 정여창' 선생님의 15대손
'정순복' 부군께 17세에 시집 온
연안 이씨 문중 '이효의' 여사님,
다복한 가정 이루면서 5남 2녀 두시고
가이없는 사랑 몸소 실천
한평생 꿋꿋하게 살아오신 님이시여 !

힘겨운 시골 살림
손수 꾸려 오시느라
마음 고생 얼마나 많으셨을까
젊음, 청춘, 아름다움 다 묻어버리고
모든 것 깡그리 희생하신 님이시여 !

가문의 뜻 받들고자
긴 세월 집안의 대들보로
선구자의 삶 이어오면서
모성애 꽃피우신 님이시여,
부디 여생 만수무강하시옵소서 !

흙내음 물씬 풍기는 생가에서
백수(白壽) 생신 맞이하는 오늘
두손 모아 큰절 올리며 기원하오니
님이시여, 송죽같은 푸르름으로 늘 건강하시고
더욱 더 천수와 함께 만복을 누리옵소서.

그대 원혼(冤魂)들이시여,
천국에서 편히 잠드소서!

 – 태평양 전쟁 희생자를 추모하는 시 (2008. 6. 24)

이름없이 빛도 없이 희생의 제물이 된
태평양 전쟁 원혼들이시여,
참혹하고 불행한 비극의 역사 앞에
아직까지 후손된 도리를 다하지 못한 우리
진정으로 참회하며 용서를 비옵니다.

일제의 강압에 못이겨
억지로 끌려간 싸움터에서
혹독한 시련을 겪다가 스러진
혈육의 원혼들이시여 !

하루속히 피맺힌 아픔 아우르고
다시는 이 지구상에 전쟁없는 평화를 위해
이 도도한 대열에 앞장설 것을 다짐하면서
원통하게 산화(散花)한 원혼들의 넋을 풀어주자꾸나

이제 태평양전쟁희생자추모사업회에서는
평화의 빛 온누리에 두루 밝히며
영영 불귀객(不歸客)이 된 그들을 추모하노니
그대 원혼들이시여, 천국에서 편히 잠드소서 !

'두루뫼 박물관' 찾아서

- 2008. 8. 12

생태계 살아 있는 골짜기
경기도 파주시 법원읍 법원리
초리골 자락에 자리잡고 있는
'두루뫼 박물관' 찾는 발길이여!

5,000여점 전시되어 있는
민속 물품들 살펴보니
우리 선조들의 지혜와 숨결
고스란히 느껴져 오는구나.

선인(先人)의 발자취 더듬고자
온 정성(精誠) 쏟아서
수집한 소장품이기에
한점 한점 가치있는 보물이도다.

어릴적 어머님이 사용하던
실 뽑는 물레가 있고
명주, 무명, 삼베 등
피륙 짜는 베틀이 있고
그 옛적 선비들이
손수 먹갈아 쓰던 벼루를 비롯

다양한 교육 자료를 접하니
당시의 민속생활사 한 눈에 볼 수 있어
오가는 관람객마다 찬사 터져 나오는구나.

하나된 지구촌 2008 베이징 올림픽이여 !
- '베이징올림픽 선수단 귀국 환영 행사'에 부치는 시
(2008. 8. 25)

'하나의 세계, 하나의 꿈'을 주제로
베이징올림픽 불꽃 행렬 열렸네
국가 민족 인종의 벽을 넘어
전세계 204개국이 벌인 축제의 향연
인류 화합의 올림픽 정신으로
하나된 지구촌 2008 베이징올림픽이여 !

태극기 물결 8월의 하늘 수놓고
'더 빨리, 더 높이, 더 강하게'라는
올림픽 표어로 다진 불굴의 정신무장
빛나는 금 · 은 · 동메달 31개
필승의 투혼으로 금자탑 쌓았네
13개 금메달로 사상초유의 종합성적 7위
자랑스런 대한의 태극전사들 장하고도 장하도다.

17일간의 뜨거웠던 대결의 장에서
저마다 떨친 기량 마음껏 토해낸 열정
25개 종목 267명의 선수와 임원 그리고 국민의 성원으로
조국 대한민국의 위용 세계 만방에 떨치었도다.

폐막식과 동시에 올림픽기 내려지고
활활 타올랐던 성화불 꺼지자
감동의 순간 마무리짓고 아쉬운 작별 나누면서
4년후 2012년 영국 런던에서
다시 만날 것을 기약하고
베이징올림픽 성화 역시 빛의 고향으로 돌아갔도다.

꿈★의 축전 올림픽
우리 모두에게 도전과 희망 안겨준
하나된 지구촌 2008 베이징올림픽이여 !

충·효·예의 깃발 온 누리에 휘날리게 하소서

− '(사)충 · 효 · 예 실천운동본부 2008년 하계 수련회' 행사장
에서 (2008. 8. 28)

인류 도덕의 근본 충 · 효 · 예
나라 사랑, 부모 사랑, 이웃 사랑, 자연 사랑
행동 강령으로 앞장서 실천하고
견인차 역할 다하고 있는 그대 선구자들이여,
충 · 효 · 예의 깃발 온 누리에 휘날리게 하소서.

인간의 생존 현장에서
도덕성 회복은
영원히 추구해야 할 이상향이라
동방예의지국의 자긍심 살려
자손만대 그 정신 이어가자꾸나.

윤리와 도덕이 살아 숨쉬는
거국적인 이 운동으로
참된 삶의 길 찾고
조국 대한민국의 기상 우뚝 세워
충 · 효 · 예의 깃발 온 누리에 휘날리게 하소서.

가자, 베이징으로 !

 - '제13회 베이징장애인올림픽대회 결단식' 행사장에서
 (2008. 8. 29)

대한민국 태극기와 장애인올림픽기
국가대표 선수단 앞세우고
9월의 베이징 하늘 수놓으며
호돌이 응원단과 함께
우리 모두 가자, 베이징으로 !

지구촌 140개국이 벌인 축제의 마당
중국 북경 올림픽주경기장
지축을 울리는
그대 호돌이 응원단 있기에
조국 코리아의 위용 만방에 떨치는구나.

피땀으로 다진 댓가
종합순위 14위 목표 향해
신체적 장애 뛰어 넘는
불꽃튀는 투혼 정신으로
다같이 필승의 잔 높이 들자꾸나.

제 13회 베이징장애인올림픽 열기를
온 천지에 발산한

힘의 원천 그대 호돌이 응원단이여,
그 열정 마음껏 토해낼
우리 모두 가자, 베이징으로 !

화합과 희망의 대축전
제13회 베이징장애인올림픽이여 !

– '베이징장애인올림픽 선수단 귀국 환영 행사' 에 부치는 시

(2008. 9. 19)

국가 민족 인종의 벽 넘고
장애와 비장애 장벽 허문 스포츠 정신으로
세계 148개국이 벌인 축제의 향연
감동의 드라마 연출한 베이징장애인올림픽이여 !

능력의 한계 초월하고
인간의 평등 확인하는 불굴의 도전정신
신체적 장애와 차별 극복한
대한의 아들 딸들이여,
그 기개 그 용기 자랑스럽구나.

빛나는 금 · 은 · 동메달 31개
종합성적 13위로 국민의 기대 부응한
78명의 선수와 54명의 임원들
끊임없는 자신과의 싸움에서 이기고
조국의 위상 드높였다니 ….

12일간 펼쳐진 꿈의 축전
태극기 깃발로 열기 돋구어

경기장 곳곳마다 진동한 응원단의 함성
열화같은 성원으로 국민 모두 하나된
화합과 희망의 대축전 제 13회 베이징장애인올림픽이여 !

억새풀 그대 찾아

– '제13회 민둥산 축제의 날', 민둥산 정상에서 (2008. 10. 11)

민둥산 억새풀 고원(高原)
강원도 정선 땅으로
어서 오라 손짓하는
해발 1118m 억새풀 그대 찾아
새벽 단잠 설치고 달려 왔네.

그리운 님 맞이하듯
보란듯이 온 몸 내밀며
민둥산 8부 능선에서 정상까지
20여만 평에 자리잡고 활짝피어
반갑다 춤추며 얼싸 안기는구나.

억새꽃 품에 파묻혀
인내와 끈기의 상징인
그대 기(氣) 한껏 받아
속세의 시름 다 털어버리고
못 다 피운 꿈 찾아 훨훨 날고 싶네.

용문사 수호신 그대 은행나무여

- 2008. 10. 23

장구한 세월 이겨낸 천혜의 명산(名山)
양평의 상징 용문산 중턱에
신라때 창건한 천년고찰 용문사
그 경내에 심어진 수호신 은행나무
대장군 위용으로 무장한 채
묵묵히 지키고 있는 그대 바라보니
천년의 세월도 엊그제 같구나.

어느덧 수령 1,100여 년 되다보니
그대 키 40m나 되고
그대 가슴둘레 11m에 이르니
천연기념물 제30호로
동양에선 유실수로 가장 큰 거목(巨木) 되었구나.

조선 세종때
정3품 이상의 벼슬인
당상직첩을 하사받은 명목(名木)인 그대

나라에 변고가 있을 땐
미리 알려주는 영험함을 간직한
용문사 수호신 그대 은행나무여

일제 치하때 일본군이
그대 몸을 자르려해도 자르지 못하고
아직까지 도끼자국만 남아 있네.

온갖 병화와 전란 속에도
불타지 않고 꿋꿋이 살아 남았다하여
천왕목이라고도 불리운
그대 은행나무 앞에 서니
천년의 향기 그대로 풍기는구나.

그대 서울시민평화대학원이여, 영원하리라
- '서울시민평화대학원' 법인 인가 축하 행사장에서 (2008. 11. 11)

온 열정 쏟아 연찬(研鑽) 하면서
아름다운 사회를 추구하는
삶의 결실을 위하여
수도 서울 명당에 자리잡은
우람한 전당 서울시민평화대학원이여,
오늘 그대 탄생(誕生)을 송축(頌祝) 하노라.

참사랑 실천의 깃발 아래
평생 교육의 정신과
애천(愛天), 애인(愛人), 애국(愛國)의
삼애주의(三愛主義) 이념(理念)으로
민주시민을 육성하는 터전
우리 모두 유천궁(遊天宮)에 모여들었네.

불꽃처럼 활활 타오르는 학구열(學究熱)과
견인불발(堅忍不拔)의 의지(意志)로
보람찬 꿈을 키우는 요람(搖籃)
그대 서울시민평화대학원이여, 영원하리라.

세계헤어피부미용인들이여, 영원히 빛나소서
- '2008 국제헤어피부미용기능경기대회' 행사 축시
(2008. 11. 16)

온 열정 모아 꿈을 피우고자
대한민국의 서울 장충체육관에 모인
자랑스런 세계헤어피부미용인들이여,
우리 모두 밝은 내일 활짝 열어나가자꾸나.

세계 미용 산업의
공동체 실현을 도모하고
선도적 역할 다하고 있는
세계헤어피부미용인들이여,
힘찬 나래 펼치어 하늘 높이 웅비하소서.

오늘 이 축전을 통해
아름다움을 창출하는
우수하고 역량있는 미용예술인들이여,
세계헤어피부미용문화에 금자탑을 쌓아 올리소서.

국경없는 무한경쟁 속에서
글로벌 시대 흐름에 발맞추어
세계미용문화를 선도하고자
친목과 화합을 다지는 축제의 한마당에서
세계헤어피부미용인들이여, 영원히 빛나소서.

겨레의 얼, 한국의 빛 독립기념관이여 !

- 2008. 11. 27

충남 천안시 목천읍 흑성산 기슭
121만평 대지 위에 나라사랑 고취하고자
민족정기 바로 세우는 국민 교육의 도장
웅장한 위용으로 자리잡은 국난 극복사의 산실
겨레의 얼, 한국의 빛 독립기념관이여!

숱한 수난기 맞아
민족말살의 질곡(桎梏) 속에서도
국권회복과 조국의 독립 쟁취하기 위해
싸워온 애국지사들의 불굴의 투혼 보여준
높고 거룩한 뜻 가슴에 품고
경건한 마음으로 머리 숙여 묵념을 올린다.

"역사를 잊은 민족에게 미래는 없다."고
독립운동 관계 자료를 한눈에 볼 수 있는
〈민족 전통관, 근대민족운동관, 일제침략관, 3 1운동관
독립전쟁관, 사회 · 문화운동관, 대한민국임시정부관〉 등
일목요연하게 구성되어 있는 상설전시관에서
영원히 잊지못할 시련의 역사와 마주치니
당시의 생생한 모습 살아 숨쉬는 듯 하구나.

무엇보다 일제 탄압 극복한 3 1운동
그 함성(喊聲), 그 저항(抵抗),
민족의 강렬한 독립의지의 발로(發露)로
우리 민족의 이상과 지표를 바로 잡은
일대 전환을 가져온 계기(契機)가 되었네.

시공을 넘은
민족혼의 전당 독립기념관
겨레의 소중한 문화유산으로 전승하여
조국의 평화통일 하루속히 성취(成就)하자꾸나.

2009년 새해 맞아

- 2009. 1. 1

소중한 인연 쌓아 온
무자년을 뒤로 하고
서기 뿜으며 솟아오른 햇살
밝은 얼굴 드러내고
기축년 아침 인사 나눈다.

2009년 새해 맞아
꿈과 희망 부풀어 올라
푸른 창공으로 비상하니
지난 해 못다한 꿈 이루기 위해
한 마음 한 뜻으로 다함께 나아가자.

지난 일 거울 삼아
한점 부끄럼없는 삶 이어지도록
스스로를 채찍질하며
부와 번영,
근면과 끈기 상징하는
소와 같은 성품으로
신년 소망 가슴에 품어 본다.

글로벌 금융위기

온 세상에 드리운 암운
나라마다 사람마다 진통을 겪고 있지만
이 고비 극복하여 민족정기 되살리자꾸나.

힘찬 도약 기약하면서
살맛나는 국민성공시대,
선진인류국가 열기 위해
소처럼 부지런히 앞만 보고 나아가자.

새해 첫날 떠오르는 붉은 해 바라보며
우직하게 일하는 2009년 한해 되기를
두 손 모아 간절히 기원한다.

한국자유총연맹의 깃발 휘날리게 하소서 !
 – 한국자유총연맹 제11대 '박창달' 총재께 드리는 축시
 (2009. 3. 19)

애국 충정 불타는 동지들이
한 마음 한 뜻으로 뭉쳐
한국자유총연맹의 깃발 아래
밝은 내일 펼치고자 모였네.

이 강산 젊어지고 나갈 역군들이여,
위대한 우리 조국
선진인류국가 창조 위해
새 지평 활짝 열어가세.

온 국민의 여망 안고
자유민주주의 역량 강화 다짐하며
국민 운동 새롭게 뿌리내려
영광스러운 금자탑을 높이 쌓아 올리자꾸나.

나라 사랑 꽃피우고자
세계 자유 우방과 함께
국가 백년대계 가슴에 품고
한국자유총연맹의 깃발 휘날리게 하소서 !

고성이여, 공룡세계엑스포로 우뚝 일어서라

– '2009 경남 고성 공룡세계엑스포 개막식'에 부쳐
(2009. 3. 27)

아득한 옛적
지금으로부터 약 2억 2천 5백만 년 전
중생대 트라이아스기에 지구상 나타난
공룡들 전시한 고성 공룡세계엑스포관.

공룡테마 행사장에서
놀라운 공룡세계를 상상하며
당시 왕성한 활동을 한 흔적을 보니
절로 경이로움을 느끼게 하는구나.

4D 입체영상실에서
타임머신과 함께 하는 특수효과로
1억년 전 백악기 공룡세계를 관람하니
마치 환상적 여행을 하는 것 같구나.

눈앞에 살아있는 듯한
공룡나라 공룡박물관이 있는
세계 3대 공룡발자국 화석산지
고성이여, 공룡세계엑스포로 우뚝 일어서라.

헌다송(獻茶頌)·1

 – 금정산 수호 '금당 고모 영신'께 올리는 축문시 (2009. 4. 4)

기축년 4월 4일
온 산야 꽃빛으로 물든
부산의 진산 금정산 수호 영신께
고당(高堂) 고모선랑(姑母仙郎) 다례제
축관으로 축문을 올리고
헌공다례 올리니
마치 하늘에서 내려온
신선인 듯 착각에 빠지누나.

백두대간의 남악(南岳)에 위치한
금정산 기슭 대가람 금강사
인간과 일체되는 토속문화의 산실
선랑(仙郎)모신 영각(靈閣)에
정성스레 조제해 달인 차를
고당(高堂) 고모선랑(姑母仙郎)전에 헌다하니
마치 그 마음 알아주기라도 한듯
백화만발한 꽃잎들
나비되어 날아 춤추누나.

금정산 수호 고당(高堂) 고모선랑(姑母仙郎)이시여,
헌다(獻茶)한 이 공덕으로
의식에 동참한 한 분도 빠짐없이
각안기위, 대길다경케 하옵소서.

오늘 뜻깊은 축제를 맞아
제5회 부산 차밭골 문화제가
색다른 문화체험의 장 되어
세세연년 영원히 뿌리내려서
차를 사랑하는 다인(茶人)들
가슴속 깊이 자리잡고 이어져
날마다 좋은 날 되고
일여성취(日如成就)하여 주시옵기를
산신(山神) 고당(高堂) 고모선랑(姑母仙郎)전에
두손모아 간절히 축원하옵니다.

금정산 수호 고당(高堂) 고모선랑(姑母仙郎)이시여,
지금껏 묵은 속진의 때 깨끗이 씻기우고
알게 모르게 지은 악업 소멸케 하여 주시옵기를
삼가, 온 정성 모아 헌다송을 올리나이다.

헌다송(獻茶頌) · 2
- '제5회 부산 차밭골 문화제' 행사장에서 (2009. 4. 4)

솔향 풍기는
기축년 춘양절 맞아
금정산 기슭 대가람 금강사에서
그대와 벗하니
마치 신선인 듯하구나.

꽃빛으로 물든
차밭골 문화제에서
온 몸에 녹아내리듯
찻잔 속 흐르는 그윽한 향기
그대에게 취해 헌다송을 부르노라.

그대와 나
서로 입술 맞대며
잔 기울이니
닫혔던 문 열리고
천년 업 절로 씻기누나.

큰바위 얼굴, '지촌·허룡' 선생님이시여!

– '팔순' 기념, 작품전에서 (2009. 4. 15)

예술혼 불태우고자
천부의 재능 가슴에 안고
팔십 평생 외길 달려와
우리 앞에 우뚝 선 '지촌·허룡' 선생님!

남은 여생 후진 양성 위해
「지촌·서화실」 둥지 틀고
꿈밭 일구어 가꾸면서
참스승의 상(像) 보여주신 분이여!

대한민국 국전심사위원으로
그 필력(筆力)과 화법(畵法)
지구촌 5대양 6대주에 널리 퍼져
만인이 추앙하는 거목(巨木)이로다.

화단의 원로, 서예의 대가로서
전통동양화보 1·2집 펴낸 분
예술사(藝術史)에 길이길이 빛날
큰바위 얼굴, '지촌·허룡' 선생님이시여!

한국 문단의 주춧돌 '청하 · 성기조' 선생님이시여 !

- 성기조 이사장님, '예술인 큰 스승' 추대에 붙이는 시
(2009. 5. 20)

한 평생
오직 한 길
묵묵히 걸어오신
문단의 대원로 '청하 · 성기조' 선생님 !

지나온 삶이 입증하듯
'예술인 큰 스승' 뜻깊은 추대 자리에
수많은 지인과 문하생들
도처에서 모여 들었네.

한국 문학의 자부심
'청하 · 성기조' 선생님의 문향
지구촌 5대양 6대주에 널리 퍼져
세계 문단 대문호로 웅비했네.

남은 여생 후진 양성 위해
온 열정 쏟고 계시는
그 이름 청사에 길이 빛나리
한국문단의 주춧돌, '청하 · 성기조' 선생님이시여 !

세계합기도연합회 가족이여,
무예정신으로 꽃피워 나가자 !

 – 세계합기도연합회 제2대 '이정일' 총재 취임 축시
 (2009. 5. 23)

한 마음 한 뜻으로
세계합기도연합회 가족이여,
오늘 뜻깊은 취임식 자리 통해
세계 무도인들이 한자리에 모였네.

평소 갈고 닦은 기량
무도인의 자부심 가슴에 품고
조국애와 인류애로 굳게 뭉친
그대들은 진정 지구촌 한가족이로다.

우리 모두 손에 손잡고
새로운 도약 꿈꾸며
다 함께 우의를 다짐하는
축배의 잔 높이 들자꾸나.

이제 합기도 가족 여망 안고
제2대 이정일 총재호 출범하나니,
세계합기도연합회 가족이여, 무예정신으로 꽃피워 나가자 !

그대 숨결 찾아
– '추사 · 김정희' 선생 고택에서, 세한도를 바라보며 (2009. 6. 12)

조선왕조 후기 대표적 실학자
사상가, 정치가, 서예가이신
'추사 · 김정희' 선생 고택 찾으니
그대 숨결 고스란히 살아 있구나.

추사 선생이 남긴 작품 중
국보 제 180호로 지정된
세한도(歲寒圖)가 한눈에 들어오네.

제자인 '우선 · 이상적'에게
제주도 유배지에서 그려준
문인화를 감상하노라니…
그 속에는
294자의 글씨에
집 한 채가 있고
그 좌우에는
잣나무와 소나무 두 그루씩 서 있네.

한겨울 추위에도
한결같이 푸르름 잃지않듯
사제간의 변치않는 절의를

세한송에 비유한 그림으로
후세까지 회자되는 명작이로다.

백령도를 찾아서

- 2009. 7. 11

인천항 연안여객터미널에서
300톤급 마린브릿지호에 몸 싣고
소청도와 대청도 거쳐
청량한 바다 공기 마음껏 마시며
4시간 30여분 항해 끝에
흰물살 가르며 뱃길 따라
효의 고장, 신비의 섬 찾아
인천광역시 옹진군 백령도 백령면
용기포 선착장에 도착하니
창공을 날고 있는 갈매기 떼들
어서 오라, 반갑게 맞이해 주는구나.

비행기의 이착륙이 가능한
천연비행장이 있는 사곶해변,
2km에 걸쳐 콩처럼 생긴
돌멩이들로 이루어진 콩돌해변,
주변경관이 고즈넉한 어릿골해변,
기기묘묘한 현무암들이
해안에 늘어서 있는 하늬해변을 비롯하여
물범이 바위에 옹기종기 모여
집단 서식 하고 있는 물범바위,

사자가 누워 바다를 향해
포효하는 자세를 하고 있는 사자바위,
용이 하늘로 승천하는
모습의 용틀임바위 등
다양한 기암괴석들 바라보며
그 환상에 젖어 넋을 잃는구나.

이곳 유일한 천일염전인 화동염전,
우리나라에서 두 번째로 세워진 중화동교회,
통일 염원하는 소망 돌 하나하나에 담아
양쪽에 같은 모양으로 쌓은 통일기원탑,
효녀 심청이 몸을 던진 인당수와
연봉바위 바라다 보이는 심청각 찾아온
수많은 관광객 끊이지 않는구나.

두무진 관광유람선 타고
마치 장군들이 머리 맞대며
회의를 하는 것 같다고 해서
이름 붙여진 두무진(頭武津)
서해의 해금강이라 불릴만큼
그 웅장미가 아름답고 오묘해
백령도 백미(白眉)로 손 꼽히는구나.

남북한 서로 총부리 겨누며
마음대로 오갈 수 없는 곳
바로 지척에 장산곶이 있는 북녘 땅 있어
한시도 마음 놓을 수 없기에
이곳 여단본부 팔공 OP(관측소) 방문하여
서북도서 안보 현황 설명 듣고
동굴속 땅굴 견학으로 주위 살펴보니
유사시 대처할 수 있는 유비무환의 정신
가슴속 깊이 느껴져 마음 든든하구나.

비경에 놀라고 절경에 반해
다시 찾고 싶은 백령도
그 날이 언제쯤 오려나
상상의 나래 펼쳐 본다.

그대 햇살 있기에

- '지구촌사랑나눔운동본부' 창립 2돌에 부치는 시
  (2009. 12. 28)

소생하는 봄
새싹 움트는 소리
그대 햇살 있기에
장단 맞춰 합창하네.

무더운 여름
한껏 열기 내뿜는
그대 햇살 있기에
만물 싱그럽게 익어가네.

결실의 가을
오곡백과 무르익는 대지 위
그대 햇살 있기에
들녘마다 풍년가 울려퍼지네.

혹독한 겨울
영하의 추위에 떨면서도
그대 햇살 있기에
지구촌사랑나눔운동 공동체로 인정 꽃피네.

경인년 새해 아침에

- 2010. 1. 1

동터오는 여명의 시간
60년 만에 돌아온 왕 중의 왕
흰 호랑이* 꿈꾸는 잠에서 깨어나
포효하듯 새 빛 터지는 함성으로
경인년 새해 아침을 맞는다.

저 붉은 태양
비상하여 우뚝 솟아
온 누리 환히 비추듯이
해묵은 어두움 다 걷어내고
새 도약 함께 꿈꾸어 보자꾸나.

영험하고 길한 기운으로
올해도 어김없이 첫날 열어
희망의 불씨 지피기 위해
꽃 대궐처럼 화사하게 피어오르는
무지개 빛 소망 가슴에 담고 있노니….

고들픈 삶 씻어주는
신명나는 한해가 되고
청신한 마음으로 살게 해 주기를

해돋이 동녘 하늘 향해
백호 해 두 손 모아 간구해 본다.

* 2010년 경인년은 60년 만에 돌아오는 '흰 호랑이 해'임. '흰 호랑이
  (백호) 해'는 600년 만에 돌아오는 황금돼지 해보다 더 길하다고
  함.

자화상(自畵像)

– 나 자신을 위해 부르는 시 (2010. 1. 1)

지금 이 시간
내가 숨쉬고 있다는 건
하늘이 나를
버리지 않았음이야.

나의 삶
송두리째 바치고
빈 몸으로 떠날 날이
아직 남아 있다는 뜻이야.

마지막 몸부림
멈추는 그 순간까지
스스로 자화상 그리며
필생(畢生)의 족적(足跡)
남기고 가란 뜻이야.

평화 통일의 기반 조성되길 기원하면서

– '북녘, 일천만장 연탄지원 기념' 행사장에서 (2010. 2. 25)

지난 1998년 6월
작고한 정주영 현대회장께서
수백 마리의 소떼를 몰고
휴전선 넘어 북에 간
그 벅찬 감격
어찌 우리 잊을 수 있단 말인가?

이후, 남북한 두 정상의 만남
금강산 관광, 개성 공단, 남북 철도 개통 등
통일에 대한 기대 한없이 컸지만 ….

최근 북핵 문제로
다시 긴장이 고조되고
전쟁의 위협까지 느끼는 요즘
다시금 민족 화해의 장이 열리고
조국의 동맥 잇는
금강산 관광이 재개되길 간절히 빌면서 ….

'따뜻한 한반도 사랑의 연탄나눔운동' 에서
북녘 금강산 고성과 개성지역 넘나들며
지난 2004년 10월부터 6년 만에

무려 일천만장의 연탄을 날랐다니
그 누가 놀라지 않을 수 있겠는가.

수 많은 후원기관과 단체
개개인이 이루어낸 값진 결실이기에
그동안 함께 해주신 고마운 분들 모시고
연탄 천만장의 의미를 되새겨보는 행사장.

이제 이 연탄 나눔의 물꼬가
남과 북 이어주는 화해의 다리로
하루속히 정상화 되고
평화 통일의 기반 조성되길 두 손 모아 기원해 본다.

자유민주수호단 동지들이여,
조국 수호에 앞장서자 !

－ 한국자유총연맹 자유민주수호단 발대식 행사장에서
（2010. 3. 26）

조국 산하 꿋꿋이 지키고자
한국자유총연맹의 깃발 아래
전국 방방곡곡에서 모인
그대 자유민주수호단 동지들이여 !

오늘 출범한 그대들은
젊고 역동적인 조직으로
굳게 뭉친 평생 동지이기에
대한의 자랑스러운 기둥이로다.

다 함께 손에 손잡고
자유민주주의 노래 소리
세세연년 영원토록 이어져
지구촌 온 마당에 울려퍼지게 하자꾸나.

오직 나라 사랑으로
공동체 꽃 피우며
그 이름 하늘 높이 웅비할
자유민주수호단 동지들이여, 조국 수호에 앞장서자 !

183

하늘도, 땅도 놀랄 일이로다
- 1200t급 초계함 '천안함' 침몰에 부쳐
(2010년 4월3일, 사고 9일째)

서해안에서 야간 훈련 중
1200t급 해군 초계함 천안함이
2010년 3월 26일 밤 9시 22분쯤
불의의 적 기습으로 침몰되다니
아직도 평화시대가 아닌
준전시 상태임이 확연하구나.

민족적 비극을 초래한 이 가슴아픈 사건에
하늘도, 땅도 놀랄 일이로다.

해군 함대의 주요 전투함인
초계함 선체가 두 동강난 채 침몰해
104명 탑승한 승조원 중에
58명 장병만 구조되고 나머지 찾기위해
목숨건 수색작전 펼치고 있으나
아직까지 그 생사조차 알길 없다니 ….

실종된 동료를 가족 품으로 안겨주려는 일념으로
바다에 뛰어들다 3월 30일 목숨을 잃은
수중폭파대(UDT)소속 한주호 준위의

위국헌신(爲國獻身)한 참군인의 숭고한 모습에
저절로 고개 숙여지나니
참으로 안타깝고 애통한 마음 금할 길 없구나.

그 이름 영원히 빛날 한주호 준위,
그대 빈소 찾는 조문객들의 추모 물결이 말해 주듯
호국, 봉사, 희생정신으로 한길 살아온
당신의 위대한 군인정신을 기리노니
이 시대의 진정한 귀감으로 높이 찬양될
한주호 준위여, 이제 편히 영면하소서!

국정을 책임지고 있는 이명박 대통령께서도
현직 대통령으로선 처음으로 3월 30일
구조현장인 백령도 해상을 방문하여
현지 상황을 직접 보고 받고
실종자 가족들을 위로하면서 간담회를 갖는 등
국군 최고통수권자로서의 결연한 자세를 그대로 보여주었으며
아울러, 한주호 준위 영결식을 하루 앞둔
4월 2일 빈소 찾아 유족들을 위로한 뒤
방명록에 '한주호 준위, 그토록 사랑한 대한민국은
당신을 영원히 잊지 않을 것입니다' 라고 적은 것은
국민을 대표해 고마움과 슬픔을 동시에 표시한 것이 아니고
그 무엇이란 말인가?

사고 당일 오후 한미 해군은
서해안에서 이지스함과 전투함 등을 동원해
합동 전술기동훈련을 벌였었고
북한도 육상에서 수십 차례
포사격 훈련을 한 것으로 보면
더욱 갈피 잡을 수 없는 오리무중에 빠져드노니 ….

참사가 난 이 해역에서는
지난 1999년과 2002년에도
북한과 교전한 적이 있다니
적의 어뢰나 기뢰 공격에 의한 개연성도
한번 의심해 보지 않을 수 없다 하겠다.

우리 정부의 일관성 있는 대북정책에
한계를 느낀 북한 군부 강경파들이
도발 효과를 극대화하기 위해
반잠수정 어뢰함이나 폭약을 이용
은밀하게 공격을 가했을 수도 있기에
면밀히 상황을 주시할 때라고 본다.

이제 전 국민과 함께
전 세계가 똑똑히 지켜보고 있는 이때
하루속히 그 원인 명명백백히 밝혀내
각종 의혹 떨쳐 버리고

다시는 국가안보 위협하는 적의 도발 없도록
비정규전 방어태세 강화하는 군이 되어야 함은 물론
'내 나라 내 겨레는 내가 지킨다' 는 각오로
더욱 더 철통같은 안보태세 갖추어 나가길
우리 모두 두 주먹 불끈 쥐고 다짐해 보자꾸나.

바다의 만리장성인 새만금 방조제여 !

– '새만금 방조제 준공식'을 기리며 (2010. 4. 27)

바다와 호수를 가르는
물 위의 고속도로 그대 새만금 방조제
길이가 33.9km로 세계 최장이고
서울의 3분의 2
여의도의 140배에 달하는
바다를 기회의 땅으로 바꾸었구나.

1991년 첫 삽을 뜬 지
18년 5개월 만에 이룬 위업
거센 바람, 높은 파도 헤치며 희망에 도전한
우리 대한민국의 의지에 불이 당겼도다.

건국이래 최대 토목공사
녹색성장의 새로운 엔진으로
동북아 경제 중심으로 발돋음할
명품복합도시 '아리울'

앞으로 농업용지, 상업용지, 관광용지
생태 · 환경용지, 과학 · 연구용지, 신 · 재생에너지용지,
도시용지 등 8개 용지로 구분돼
2020년까지 소요 예산 20조 8,000억 원으로 개발되는

그 날을 내다보며 미리 꿈꾸어본다.

그대 방조제 길이는
네덜란드 쥬다찌(32.5km)보다
1.4km 더 길고
곧 기네스북에도 등재될 예정이라 하지 않는가.

위용 뽐내는 새만금 방조제 공사는
조석 간만의 차가 가장 큰데다
최대 유속 초당 7m
최대 수심 54m의 최대 악조건
방조제 건설에 쓰인 토석은 1억 2,300만 m3
경부고속도로 4차로(418km)를
13m 높이로 쌓을 수 있는 규모로
공사 인력 연 237만 명
투입장비는 덤프, 준설선 등
연 91만 대가 동원되어 진행되었다니
과연 명품방조제로 손색이 없구나.

세계적 관광단지로 우뚝 선
바다위 만리장성 그대 새만금 방조제
전북 군산과 부안을 잇는
대역사가 성공을 거두기 위해서는
수질개선과 환경문제 해결이 급선무라 하겠다.

자연과 사람이 조화를 이룰 수 있도록
이제부터 실질적인 내부개발을 통해
동북아 중심 기회의 땅으로 가꾸어 보자꾸나
희망의 날개되어 세상을 향해 비상하는
바다의 만리장성 새만금 방조제여!

진흥상운이여, 길이 빛나소서 !

– '진흥상운(주) 창사 10주년' 을 기리는 축시 (2010. 6. 17)

푸른 꿈 가득 안고
거제시 일운에서 태어나
부산 중앙동에 둥지 틀고
알찬 삶 꾸려가시는 정달엽 회장님 !

그대는 오직 자력갱생(自力更生)을 위한
견인불발(堅忍不拔)의 신념으로
진흥상운(進興商運) 이끌어 가시는
사계(斯界)의 동량(棟梁)이로다.

내일의 정상 향해
'고객만족, 인화단결, 주인의식' 의 사훈(社訓)
가슴속 깊이 새기면서
그늘진 이웃 찾아 사랑 실천하시는 분이여 !

오늘 창사 10주년을 맞아
정달엽 회장의 수복강녕(壽福康寧)과
무궁한 회사 발전 기원(祈願)하노니
진흥상운이여, 길이 빛나소서 !

늘 푸른 삶 사시는, 정달엽 회장이시여 !

– '정달엽' 회장을 기리는 축시 (2010. 6. 17)

경주 정씨 평장공파 65대손
명문 가통의 2남 6녀의 장남으로
1936년 3월 22일 거제에서 태어나
집안 살림 손수 꾸려오신 분이여 !

1969년 안순자 여사와 혼인
슬하에 1남 1녀 두시고
뜻한 바 있어 내일을 꿈꾸며
항도 부산에서 진흥상운(주) 설립해
알차게 회사 운영해 가시는
소신과 뚝심의 인물이로다.

그 무엇보다 사회봉사단체인
지구촌사랑나눔운동본부 상임고문으로
소외된 이웃 위해
묵묵히 사랑 나눔 실천하면서
집안의 기둥이자 사회의 봉사자로서
한걸음씩 뚜벅뚜벅 헤쳐나가시는 분이여 !

이제 그 이름
길이길이 빛나리

자자손손 영원토록 칭송될
늘 푸른 삶 사시는, 정달엽 회장이시여!

자유, 그 이름 지키기 위해

- 6 · 25 한국전쟁 발발, 60주년을 맞아 (2010. 6. 25)

자유여, 영원한 소망이여
희생 없이는 거둘 수 없는
고귀한 열매여 !
그 이름 지키기 위해
포연탄우(砲煙彈雨)*를 헤쳐 왔느니라.

가슴 아픈 유산
상처투성이의 몸과 마음
한 맺힌 울분 안고
같은 하늘 이고 대적해 온 지
어언 60돌이 되었구나.

짙푸른 산하에
젊은 피 방울져 흐르던 그 유월
동족상잔의 6 25가 떠오른다.
포성이 우짖고
피비린내 몰아치던
살벌한 싸움터에서 산화한 원혼들이여,
그대들의 넋을 애도하오니, 이제 편히 잠드소서 !

197

전쟁이 휩쓸고 간 잿더미 딛고
꿋꿋하게 살아온 부모 형제의 모습이 떠오른다
아직도 휴전선이 가로막아
한 뿌리, 한 핏줄, 한 민족인데도
마음대로 오갈 수 없는 남과 북이여 !

노도처럼 밀려오는 자유의 물결속에
하루바삐 통일한국을 맞이해 보자.

우리 모두 삼천리 방방곡곡에서
그 기쁨, 그 감격 서로 얼싸안고
신바람나는 '통일의 노래' 목청껏 부르자꾸나.

* 포연탄우(砲煙彈雨) : 총포의 연기와 비오듯하는 탄환이라는 뜻으로,
   치열한 전투를 이르는 말.

창의시정의 선구자, 오세훈 시장이시여 !

– '오세훈' 서울특별시장, 재선을 기리며 (2010. 7. 1)

청운의 꿈 안고
웅비의 나래 펼치는 서울시민의 희망이시여 !

그대는 오직 한 곬으로
창의와 디자인의 프레임을 시정에 도입
조국 대한민국의 심장 서울특별시에
혁신과 변화의 바람 불어넣었도다.

온유 속에 숨겨진
소신과 뚝심의 지도자
그대 오세훈 시장 있기에
한강 남산 르네상스시대 열어
수도 서울이 선진도시로 우뚝 솟아오르는구나.

정상을 향해
한 걸음씩 뚜벅뚜벅
온갖 시련과 가시밭길을
꿋꿋이 헤쳐나갈 시장이시여!

지난 6월 2일 서울특별시장 재선에서
오직 정책과 비전으로

선거에 임한 오세훈 시장께
현명한 서울시민은 내일의 희망을 선택하여
값진 당선의 영광 한 아름 안겨드렸나니 ….

이제 서울형 복지 완성으로
그 이름 길이길이 청사에 빛나리
세상에 남을 공훈 영원토록 칭송될
창의시정의 선구자, 오세훈 시장이시여 !

푸른도시 이끌어가는 지도자,
허남식 시장이시여 !

 – '허남식' 부산광역시장, 3선을 기리며 (2010. 7. 1)

변화와 격동의 시대
부산의 도약기, 융성기를 거쳐
부산혁명의 꿈 안고 웅비의 나래 펼치는
부산시민의 희망, 허남식 3선 시장이시여 !

부산발전의 큰 깃발 아래
그대는 오직 부산사랑으로
소리없는 불도저 별명과 부지런한 마당발이라는 별칭답게
품격있는 세계도시, 동북아 시대의 해양수도 부산광역시에
혁신과 변화의 바람 불어넣은 선구자로다.

호시우행(虎視牛行) 좌우명 그대로
순박하고 올곧은 신념의 소유자
예리한 판단과 뚝심있는 부산의 쇄신형 리더
겸손하고 추진력있는 그대 허남식 시장 있기에
항도 부산이 세계도시로 우뚝 솟아오르는구나.

쉼없이 정상 향해
한 걸음씩 조용조용 내딛는 발길
그 어떤 시련과 가시밭길도
꿋꿋이 헤쳐나갈 자랑스러운 인물 허남식 시장이시여 !

지난 6월 2일 부산광역시장 3선에서
참신한 정책과 비전에 힘입어
압도적으로 승리한 허남식 시장께
400만 부산시민은 값진 당선의 영광 안겨드렸도다.

21세기 부산 르네상스 맞아
활력 넘치는 지식경제도시
삶의 질 높은 품격도시
글로벌 비즈니스 중심도시로 도약시켜
살맛 나는 부산을 열어가고자 온 열정 쏟고 있나니….

이제 그 이름 길이길이 청사에 빛나리
뉴부산발전전략으로 자손만대 영원토록 칭송될
푸른도시 이끌어가는 지도자, 허남식 시장이시여 !

아름다운 세상 꿈꾸시는, 성무용 시장이시여 !

– '성무용' 천안시장, 3선을 기리며 (2010. 7. 1)

지방화 시대
지식정보화 시대
국경 없는 무한경쟁 시대에
변화와 개혁에 앞장서는
60만 천안시민의 희망, 성무용 3선 시장이시여 !

삶의 질 세계 100대 도시
천안의 발전과 비전에 대한 구상으로
하늘 아래 가장 편안한 도시 만들기 위해
종래의 고식적인 관습 과감히 떨쳐버리고
시장경제 원리와 기업정신 도입하는
발상의 대전환과 새로운 지방 행정 패러다임[1]
그 중심에 우뚝 서 있는 성무용 시장이시여!

일자리 넘치는 활력도시
안전하고 건강한 쾌적도시
복지 · 교육 · 문화가 충만한 만족도시 만들기 위해
우리 모두 시대적 변화 깊이 인식하고
선진 지방자치단체의 벤치마킹[2]과 전문 교육으로
개혁적이고 혁신적인 자세로 일해야
지방 경영 시대에 나라가 바로 선다는 성무용 시장 !

삶의 질
세계 100대 도시

천안

대한민국 으뜸도시 만든 일등시장
'검증된 성무용'이 확실히 만들겠습니다!

'희망이 넘치는 미래 도시'
대한민국 으뜸도시, 천안의 백년대계 위해
불철주야 천안시민과 함께 고뇌하고 동고동락하면서
희망의 도시 이끌어가는 천안 토박이
아름다운 세상 꿈꾸시는, 성무용 시장이시여 !

1) 패러다임(paradigm)이란, 어떤 한 시대 사람들의 사고나 인식을
근본적으로 규정하는 이론적인 틀이나 체계.
2) 벤치마킹(bench-marking)이란, 경쟁 업체의 경영 방식을 분석
해서 자사의 경영과 생산에 응용하는 경영 전략.

그대들의 얼, 영원히 빛나소서 !
– '제6회 국제무술대회' 에 부치는 시 (2010. 8. 15)

뜻 깊은 오늘
세계 무술인들이 한자리에 모여
갈고 닦은 기량 마음껏 펼치는
국제무술대회 참가자들이여!

그대들은 진정
무술인들의 자부심 가슴에 품고
인류애로 굳게 뭉친
지구촌 한 가족이로다.

어언 여섯 돌 맞은 잔치의 한마당
국제무술대회에서
우리 모두 손잡고
우의를 다지는 축배의 잔 높이 들자꾸나.

이제 그대들의 꿈
뿌리 깊은 무예정신 바탕위에서
국제무술인들의 끈끈한 공동체로
그대들의 얼, 영원히 빛나소서 !

내 사랑 조선족 동포여 !

- 2010. 9. 4

조선족 동포
그 누구의 뿌리던가
중국이 뿌리인가
조선이 뿌리인가
한국이 뿌리인가

중국 땅에서는 조선족이라 차별 당하고
한국 땅에서는 이방인 취급 받으면서
온갖 궂은 일 다 하고도
제대로 대접 못받는 조선족 동포.

동간도, 서간도, 북간도 지역에 분포되어
우리 조선민족이 그 땅을 개간하였다 하여
개간할 간(墾)의 간도라고도 부르는 것을
익히 후손들은 알고 있지 않는가.

조선족 동포여,
그토록 그리던 조국 땅 밟으며
서로 얼싸안고 두둥실 춤이라도
추어야 마땅할진대
그렇게 하지 못한 이 현실을

그 누구의 탓으로 돌릴 수 있단 말인가
과거 불행한 역사
뒤돌아보면 무엇 하겠는가

우리의 선조들은
저 광활한 허허 벌판 간도땅
흰 서리발 내리는 연해주 땅에
스스로 뿌리내려 고토 지키면서
모진 풍파 다 견디며 살아오지 않았던가

해방이후 지금까지
산업화와 민주화를 거치면서
선진화의 길목에 우뚝 서
세계 10위권에 진입한 대한민국
자칭 경제 강국 문턱에 있다고 하지만
아직 큰 힘이 되지 못해
정처 없는 유랑의 길 헤매는
한 뿌리, 한 민족 우리 조선족 동포여!

조국의 광복 위해 싸우다가
고이 눈 감지 못하고
소리없이 숨겨간 조선족 영혼들이시여,
우리의 고토 간도 찾는 그날까지
천상에서 늘 굽어살펴 주시옵기를

간절히 두 손 모아 빌고 또 비옵니다
내 사랑 조선족 동포여 !

다향(茶香)

    - 지리산 오죽헌에서 (2010. 10. 16)

섬진강 물길 따라
풍광이 빼어난 고장
산, 강, 바다가 어우러진 하동땅

푸른 하늘 나는 새,
온 몸으로 깊은 산 헤치듯
지리산 반야봉 중턱인가
그리운 벗 찾아 명경다원 이르니

녹차밭 펼친 오죽헌,
수행하듯 덖고 비비고 다진
백운황차와 입 맞추며
다원의 정취에 빠져들면
새록새록 따사로운 정 피어오르네

깊은 밤
은하수 수놓은 하늘에
소슬바람 불어오는 장단도 흥거로이
천일품 명경차에 찻잔 기울이니
스스로 신선되네

여인의 거문고 소리,
다송가 흥어리면
깊이 스며드는
아릿한 다향(茶香)이여 !

겨레의 등불 안중근 의사이시여, 고이 잠드소서 !

– '안중근 의사 순국 100주년' 을 기리며 (2010. 10. 26)

그대의 숭고한 뜻 되새기는
애국충절(愛國忠節)의 정신
우리 겨레의 가슴 속에
생생히 살아 숨쉬고 있도다.

조국의 독립 위해
조선 침략의 원흉
이토 히로부미를 사살하고
위국헌신(爲國獻身)하신 지 어언 100주년 맞아
그대 기리는 행사 곳곳에서 열리도다.

10월 26일 그대 의거 기념일 맞아
순국한 중국 뤼순(旅順)감옥에서
서울 광장, 미리내 성지, 파주 출판도시,
부산 을숙도 초등학교, 배화여고를 비롯
서울 시내 10여개 학교에서도
그대 공적 읽기, 헌시 낭독, 손도장 찍기,
동상 제막식, 글짓기 대회 등을 통해
그대 넋을 추모코자 한자리에 모였도다.

"내가 죽은 뒤 나의 뼈를

하얼빈 공원 곁에 묻어두었다가
국권이 회복되거든 고국으로 옮겨달라"고
유언하신 그 뜻 받들지 못해
아직도 후손된 도리 다하지 못한 점
하늘 보기 부끄럽고 죄송스러워
천 만번 용서를 빌고 또 구하더라도
차마 얼굴을 똑바로 들 수 없나이다.

일제 침략의 부당함
세계 도처에 알린 그대의 애국혼
오늘의 조국 대한민국 만든 바탕 되었나니
평화주의자, 인권운동가로서 몸소 실천하셨기에
더욱 빛을 발하고 있는 그대
겨레의 등불 안중근 의사이시여, 고이 잠드소서!

두 사람은 하나입니다

- 신랑 '우남석' 군과 신부 '박설미' 양의 혼인을 축하하며
(2010. 10. 28)

성스러운 화촉 밝히며
새 둥지 틀고 출발하는 날
축복의 성혼 가슴깊이 새기는 오늘
신랑 '우남석' 군과 신부 '박설미' 양,
두 사람은 하나입니다.

하늘이 짝지어준
소중한 연분으로
희망의 첫발 내디디며
서로의 마음 이어주는 오늘
두 사람은 하나입니다.

산골짜기 개울물이
강을 지나 바다로 흘러가듯
삶의 결실 맺는
보람찬 내일을 향해 나아가는 오늘
두 사람은 하나입니다.

새로 시작되는 보금자리
둘만이 간직한 소망 꿈꾸며
생명이 다하는 그날까지
끝없는 인생길 헤쳐가는
신랑 '우남석' 군과 신부 '박설미' 양,
이제 두 사람은 하나입니다.

지진 예방에 만전 기해 나가자꾸나 !

– '한국지진방재산업협회' 창립에 부치는 시 (2010. 11. 19)

우리 한반도에도 점점
지진 발생 가능성 높아
그에 따른 불안감 해소코자
전문 지식인들 한 자리에 모였네.

지방방재정책 총괄하는
기관이 있음에도 불구하고
지진방재 중요성 통감하여
민간 차원의 업무 수행하고자 하네.

북한의 핵실험으로
백두산 화산폭발 촉발시켜
대재앙 불러올 수 있다는
기상청의 분석 나오지 않았던가.

민·관 협동의 선제적 대책으로
한국지진방재산업협회 취지에 맞춰
우리 모두 적극 동참하여
지진 예방에 만전 기해 나가자꾸나 !

세계 속에 우뚝 설, 미항 여수여 !

– '2012 여수세계박람회' 성공개최에 부치는 시

(2010. 11. 26)

청명한 하늘
호국충절의 성지
'살아있는 바다, 숨쉬는 연안'
천혜의 땅, 여수를 찾노니 ….

2년 후 개최 될
2012 여수세계박람회 통해
지구촌 사람들 감동시키고
세계로 웅비하고자 동분서주하면서
국제자매, 우호도시 방문하며
땀방울 흘리고 있는 김충석(金忠錫)시장 !

조망 좋은 포구
시화(市花) 동백나무 정취 속
흘러나온 음악 맞춰 춤추는 분수대
한려해상국립공원 오동도에 취하는구나.

엑스포 4대 시민운동인
청결, 질서, 친절, 봉사
30여만 여수 시민 실천해
국제해양관광레포츠 수도로
해양문화 한 눈에 볼 수 있도록
우리 모두 힘과 지혜 모으자꾸나.

다양한 볼거리
맛이 멋이 길들인 음식
돌산대교 밑 오가는 유람선
웰빙으로 뿌리내린 고장
변화의 큰 물결, 도약의 새 물결로
이제 개발과 보전이 조화이룬
세계 속에 우뚝 설, 미항 여수여 !

금자탑 쌓은 봉제산업의 선구자들이여 !
– '동대문 의류봉제협회' 송년 행사장에서 (2010. 12. 17)

복지국가 초석 다지고자
봉제산업에 앞장선 그대들
다같이 하나로 뭉쳐
밤낮없이 땀흘려 일해 왔네.

새로운 여망 그리면서
나라 사랑 가슴에 품고
제2의 도약 다짐하자꾸나
신명나는 삶을 위하여 !

그대들은 진정
무에서 유를 창조한 산업역군
지난 업적 거울 삼아
밝은 내일 활짝 열어나가자꾸나.

백년대계 꿈 그리며
세계 인류 제품 만들어
선진조국 이끌어 갈 그대들
금자탑 쌓은 봉제산업의 선구자들이여 !

노라노패션학원이여, 길이 빛나라 !

– '이주삼' 원장을 기리는 축시 (2010. 12. 30)

청운의 꿈을 안고
충남 부여에서 상경해
뉴스타일 봉제학원 거쳐
선진 교육 섭렵 후
웅비의 나래 펼쳐오신 분이여 !

지난 반세기 동안
'재단도 예술이다' 라는 신념으로
세계 최고 자부심 가슴에 품고
'근면, 성실, 창의' 라는 원훈대로
패션전문인을 양성하는 분이여 !

정상을 향해
오직 한길로 매진하면서
숱한 가시밭길 시련도
꿋꿋이 헤쳐나오신
그대는 진정 자랑스러운 봉제인이로다.

231

컴퓨터보다 빠른 재단으로
기네스북에 두 번 올라
세계 최고의 봉제달인임을 입증하듯
KBS, MBC, SBS 등 생방송에 출연해
TV에 방영된 패션 장면 생생히 떠오르는구나.

패션 교재 집대성한
14권의 저서가 웅변하듯
남은 인생 온 열정 쏟고 계시는
그 이름 청사에 길이 빛날
노라노패션학원 '이주삼' 원장이시여!

발문(跋文)

오뚝이 같이, 꿈 펼쳐가고 있는 '성태진' 시인
― 성태진 시집 「자화상」에 대하여

김 병 권
(수필가, 한국문인협회 부이사장)

오뚝이 같이, 꿈 펼쳐가고 있는 '성태진' 시인
─ 성태진 시집「자화상」에 대하여

김 병 권
(수필가, 한국문인협회 부이사장)

성태진 시인이 지금까지 써온 행사시를 모아, '자화상'이라는 시집을 상재한다고 한다. 참으로 반가운 일이다.

성태진 시인은 국회사무처 · 정당 · 서울시청 등 다양한 직업을 두루 거치면서, 평소 자신이 경험하고 느낀 점을 열린 가슴으로 여과시켜 글을 써온 것 같다.

그는 일찍이 정계에 뛰어들어 실패를 거듭하면서도 오뚝이처럼 일어나, 지구촌 이곳 저곳을 다니면서 봉사활동을 꾸준히 하고 있는 분이다.

또한 연세대학교 행정대학원을 졸업하고 로타리클럽 등 각종 사회단체에서 회장을 지냈고, 〈한맥문학〉을 통해

한국 문단에 얼굴을 내민 뒤 〈문학21〉 편집주간, 한국21문인 협회 사무총장·부회장을 역임한 바 있고, 현재 한국문인협회 문인저작권 옹호위원회 위원, 국제펜클럽한국본부 대외 협력위원회 위원, 〈문예운동〉 공동발행인, 시낭송사랑국제 교류회 회장을 맡고 있으면서 왕성한 문학 활동을 펴고 있는 분이다.

한국문인협회, 국제펜클럽한국본부에서 임원은 어떤 분인가. 이 나라에서 글을 쓰는 시인, 작가들이 모인 집단으로 일만 명이 훨씬 넘는 단체다.
그러한 단체에 적을 두고 문필 활동을 맹렬하게 전개하고 있으니, 실로 가상한 일이라 하지 않을 수 없다.
그의 꿈과 이상이 오롯이 담겨있는 시 한편을 보면,

자화상(自畵像)

지금 이 시간
내가 숨쉬고 있다는 건
하늘이 나를
버리지 않았음이야.

나의 삶
송두리째 바치고
빈 몸으로 떠날 날이
아직 남아 있다는 뜻이야.

마지막 몸부림
멈추는 그 순간까지
스스로 자화상 그리며
필생(畢生)의 족적(足跡)
남기고 가란 뜻이야.

　　　　－「자화상」전문

이 시처럼, 성태진 시인의 시는 스스로 자화상을 그리며 자신의 삶을 시로 표출해 내고 있음을 볼 수 있다.

지금까지 자신의 못다편 꿈과 삶의 방편을 예리하게 파헤친 작품들이 행사시 모음집의 주류를 이루고 있다고 하겠다.

정열의 불꽃같이 타오르고 있는 그의 의지가 꺼지지 않기를 바라고, 그 불꽃을 보고 삶의 방향을 올바르게 설정하여 인생 항해에서 꼭 성공하는 사람이 되길 진심으로 바라는 바이다.

'자화상'이라는 시처럼, 성태진 시인의 앞날에 큰 기대를 걸며, 앞으로 괄목할 만한 활동을 기대하면서 축하드린다.

　　　　　　　　　　　　　　　2010년 12월 31일

자 화 상

2010년 12월 25일 초판인쇄
2010년 12월 31일 초판발행

지은이 : 성 태 진
펴낸이 : 이 혜 숙
펴낸곳 : 도서출판 신세림
　　　　100-015, 서울특별시 중구 충무로5가 19-9 부성B/D 702호
표지/편집디자인 : 엄 은 미
등 록 일 : 1991. 12. 24
등록번호 : 제2-1298호
전화 : (02)2264-1972
팩스 : (02)2264-1973
E-mail : shinselim72@hanmail.net

정가 15,000원

ISBN 89-5800-113-5, 03810